KB113839

Return of the
용병귀환
유왕 판타지 장편 소설
Mercenary
FANTASY FRONTIER SPIRIT

용병귀환 2

유왕 판타지 장편 소설

초판 1쇄 찍은 날 § 2014년 3월 31일
초판 1쇄 펴낸 날 § 2014년 4월 7일

지은이 § 유왕
펴낸이 § 서경석

편집부장 § 권태완
편집책임 § 정수경
디자인 § 신현아

펴낸곳 § 도서출판 청어람
등록번호 § 제387-1999-000006호
등록일자 § 1999. 5. 31
어람번호 § 제1-1821호

주소 § 경기도 부천시 원미구 부일로 483번길 40 서경B/D 3F (우) 420-822
전화 § 032-656-4452팩스 § 032-656-4453
http://www.chungeoram.com
E-mail § chungeorambook@daum.net

ISBN 979-11-5681-960-8 04810
ISBN 979-11-5681-958-5 (세트)

Return of the Mercenary

2

Mercenary

FANTASY FRONTIER SPIRIT

용병귀환

유왕 판타지 장편 소설

도서출판 청어람

CONTENTS

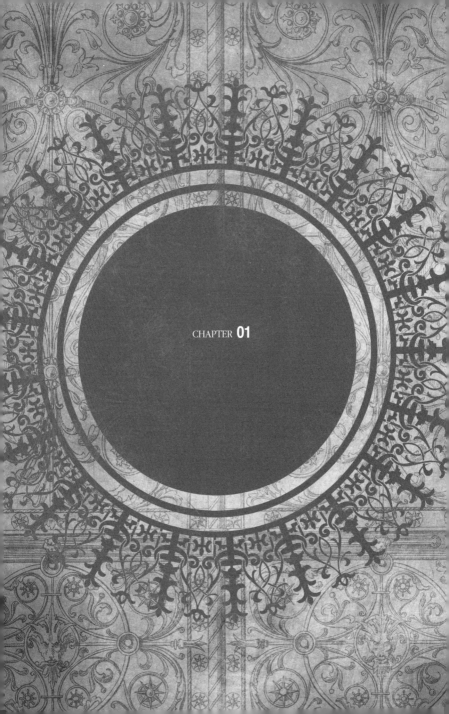

CHAPTER **01**

뚜두둑—

손가락의 관절 마디가 꺾이며 괴기한 소리가 났다.

소위 길거리 건달들이 상대의 기를 죽일 때에나 할 법한 행동이었다.

툴칸과 벅스는 로열 나이츠 용병단에 속해 있던 스무 명의 간부 중 일인이었다. 그런 그들이 이런 행동에 기가 죽는다니, 생각하기 힘든 일이다.

하지만 그 건달 같은 행동도 누가 하느냐에 따라서 상대의 기를 팍 죽여 놓을 수 있었다.

아니, 지금 이 상황에서는 그의 발걸음과 손짓, 그리고 눈빛 하나하나가 압박으로 다가왔다.

"로열 나이트 용병 루슬릭."

수분 하나 없을 정도로 마른 입안을 적시며 툴칸이 간신히 입을 열었다.

차분한 걸음걸이로 다가오는 상대가 누구인지, 그의 눈동자는 확실히 알고 있었다.

십 년이 넘은 세월 동안 그들의 위에서 군림하던 신 같은 남자.

용병왕의 직속 용병 다섯 중 일인.

모든 용병의 우상이자, 자신의 수장이었던 사내가 바로 루슬릭이었다.

"하극상… 아니, 이젠 아니군. 그래도 그렇지, 얼마나 됐다고 벌써 반말이냐?"

사실 나이로만 보자면 툴칸이 루슬릭보다 위였다.

그의 나이는 이미 사십줄의 중반을 바라보고 있었고, 루슬릭은 이제 갓 사십 대에 발을 걸쳤다.

하지만 그럼에도 툴칸은 지금껏 루슬릭에게 말을 놓아본 적이 없었다.

용병들의 세계는 철저하게 강자들을 위주로 이루어져 있었다. 강자는 실력이 뛰어나고 명성이 높으며, 보다 많은 세력을 가지고 있음을 의미했다.

툴칸은 그 어느 하나 루슬릭의 위에 있지 못했다.

또한 그는 로열 나이트 용병단에 속해 있었으며 로열 나이트 용병단의 간부이자 단원으로 살아왔다. 용병단의 단원이 단장에게 반말을 쓴다는 것은 지휘 체계상 있을 수 없는 일이다.

"당신은… 지금 용병을 그만두지 않았소?"

"그랬지."

"그렇다면 굳이 내가 당신에게 존대를 해야 할 필요는 없지. 그렇지 않소?"

따지고 본다면 맞는 말이긴 하다.

단장과 단원이라는 가장 길고 두꺼웠던 매듭이 풀린 이상, 두 사람 사이에 굳이 존대나 평대 따위를 따질 이유는 없었다.

"그렇긴 하군. 하긴, 한창때 내가 널 얼마나 굴려먹었는데 개새끼, 십새끼 하면서 욕을 안 하는 게 다행인가?"

아련한 표정을 지으며 말하지만 그때의 일을 떠올리는 툴칸과 벅스의 표정은 더없이 구겨졌다.

처음 로열 나이트 용병단에 들어와 간부가 되었을 때, 정신 교육이다, 실력 증진이다 해서 루슬릭은 두 사람을 밑도 끝도 없이 굴려댔다.

분명 큰 폭으로 실력이 올랐지만 두 사람은 그 당시의 일을 잊을 수 없었다. 한창 교육 중에는 언젠가 반드시 루슬릭을 죽여 버리겠다고 이를 갈며 맹세했을 정도였다.

하지만 동시에 그 시절의 기억은 알게 모르게 루슬릭에 대한 공포로 각인되었다.

"……알긴 아는군."

"알지. 니들 두 놈은 특히 못생겨서 더 굴려 먹었는걸. 그 상판들 갈아버리려고, 더 시원하게 굴려드렸지."

으드득—

"잘도 입을 놀리는군. 그때와 지금은 상황이 다르다는 걸 모르는 건가?"

"달라? 뭐가?"

고개를 갸웃거리던 루슬릭의 시선이 툴칸의 발밑에 깔려 있는 파이온에게로 향했다.

"저 새끼 말하는 거냐?"

"그래. 이쪽에는 인질이 있다."

"아, 맞다. 잊고 있었어. 그러게 적당히 좀 하라니까. 등신같이 있는 힘 다 빼고 있으니 저런 멍청한 새끼들에게 뒤통수나 얻어맞지."

"죄송… 합니다."

쑥스럽게 웃으며 파이온이 머리를 긁적였다.

그는 루슬릭과 루나가 등장한 이후로 한결 여유로운 표정을 짓고 있었다.

어떻게 해서든 루슬릭이 자신을 구해줄 것이라는 믿음.

아니, 그 이전에 루슬릭은 존재 자체만으로도 마음을 편안하게 만들어주었다.

"뒤질 거 같으면 인질이라도 잡으라고, 무슨 수를 써서라도 살아남으라고 내가 가르쳤지. 반드시 죽지 말고 살아서 웃는 낯짝으로 보자고."

과장될 만큼 활짝 웃으며 루슬릭이 손바닥으로 얼굴을 쓸었다.

아주 잠깐 손바닥이 가리고 지나간 그의 표정이 믿기 힘들 정도로 사납게 변했다.

"내가 언제 같은 처지 친구들끼리 서로 죽고 죽이자고 가르쳤냐?"

"그렇게 가르친 적 없지. 단지, 상황이 우리를 이렇게 만들었을 뿐."

"지랄하네. 렝 녀석이 시켰다며? 오냐오냐 했더니 날 아주 호구로 봤나봐? 니들은 뭐했냐, 안 말리고? 먼저 건들면 뒈지는 건 그 새끼일 텐데."

"그의 뒤에는… 용병왕과 용병왕국이 있소."

렝은 로열 나이트 용병이다.

루슬릭 역시 얼마 전까지는 같은 로열 나이트였지만, 지금은 은퇴한 상태였다. 즉, 렝과는 달리 이제 그에게는 배경이 없다.

가진 바 실력이 변하는 것은 아니지만 용병왕, 그리고 용병왕국이라는 거대한 배경이 있는 것과 그렇지 않은 것에는 큰 차이가 있을 수밖에 없는 것이다.

그리고 그것이 바로 툴칸과 벅스가 렝과 루슬릭의 사이에서 렝의 밑으로 들어간 이유였다.

"니들은 그 세상 다 산 늙은이가 왜 날 놓아줬는지 몰라?"

"그건… 듣지 못했군."

"이상하네. 모를 리가 없는데."

쉬익—

툴칸과 루슬릭의 거리가 순식간에 좁혀졌다.

"그럼, 알려줘야지."

"자, 잠깐! 우리에겐 인질이……."

짧은 시간조차 허용하지 않겠다는 듯, 루슬릭은 거침없이 움직였다.

인질인 파이온을 죽여야 하나 갈등하는 그 '잠깐'의 시간은 루슬릭에게 있어 길고 긴 시간이었다.

퍼억—!

옆구리를 걷어차인 툴칸의 육중한 몸이 그대로 저 멀리 날아갔다.

그와 동시에 그의 밑에 깔려 있던 파이온이 구출됐다.

"인질이 뭐?"

"……크윽. 젠장."

얻어맞은 옆구리를 매만지며 툴칸이 힘겹게 무릎을 폈다.

이렇게 허무하게 파이온을 내줄 줄은 상상도 하지 못했다.

'하긴, 애초에 인질 따위가 먹히는 사람도 아니었지.'

생각해 보면 루슬릭에게는 인질이 통하지 않았다. 인질을 신경 쓰는 그 행동과 사고방식 자체가 인질과 본인 두 명의 목숨을 위태롭게 하기 때문이었다.

인질이란 칼이다.

인질을 잡는 사람은 결국 인질과 상대의 목숨, 두 개의 목숨을 원한다.

결국 인질을 살리려는 행동 자체가 인질의 목숨을 위태롭게 만들 뿐이다.

그런 와중에도 루슬릭은 언제나 무서울 만큼 침착하게 상황을 풀어나갔다.

인질을 살릴 수 있는 최선의 방법을 찾았다. 그리고 그 방법은 혹시 잘못되더라도 자신은 살 수 있는 방법이었다.

냉정하게 보일 수도 있지만 가장 합리적인 방법이었다.

"고맙습니다, 단장."

"일어나지 말고 그대로 엎어져 있어."

"안 그래도 그럴 힘도 없습니다."

어느새 벅스는 어딘가로 몸을 숨긴 상태였다.

툴칸과 벅스, 두 사람은 루슬릭의 밑에 있을 때부터 궁합이 잘 맞는 사이였다. 툴칸이 앞에서 시선을 끌고, 그 틈을 타 벅스는 상대의 뒤에서 비수를 찔러 넣었다.

혼자일 때보다 함께일 때 더욱 강한 둘.

툴칸봐 벅스의 조합은 그만큼 까다로운 상대였다.

"하지만 이번엔… 상대를 잘못 찾았어, 새끼들아."

콰직—

대리석으로 만들어진 연무장 지면이 움푹 꺼졌다.

어느 정도의 힘으로 도약했는지 가히 상상도 되지 않았다. 루슬릭의 움직임 하나하나를 세밀히 살피던 툴칸이 빠르게 반응했다.

슈슈슉—

꽈앙—!

툴칸의 양손 대검과 루슬릭의 검이 부딪혔다.

어지간한 어른의 허리만 한 두께의 거대한 검과 얇고 얇은 평범한 검의 충돌.

금방이라도 부러질 것만 같이 얇은 검신이었지만, 결과는 그 당연한 예상과는 정반대였다.

"크윽!"

밀려난 쪽은 툴칸이었다.

힘 하나만큼은 그 누구에게도 밀리지 않을 것이라 자신한
그는 오직 힘과 힘의 충돌이라면 내심 루슬릭과 맞먹지 않을
까 생각했다.

하지만 그런 생각은 착각이었다.

루슬릭이 한 손으로 가볍게 휘두른 검격 한 번.

그 한 번이 툴칸의 전신전력을 밀어내고 있었다.

"크아아악!"

안간힘을 써낸 툴칸의 양손 대검이 루슬릭의 검을 밀어냈
다.

아니, 밀어낸 것으로 보였다.

"무식하게 힘만 쓰는 건 여전하군."

스윽―

루슬릭의 검이 부드럽게 툴칸의 검면을 타고 앞으로 다가
왔다.

툴칸의 검은 루슬릭의 검을 밀어낸 것이 아니었다. 루슬릭
이 본인의 의지로 검을 뒤로 당긴 것이다.

그로 인해 루슬릭은 물 흐르듯 자연스럽게 툴칸의 힘을 상
쇄시킬 수 있었다.

"무식하게 강한 건, 강한 게 아니라 그냥 무식한 거다. 이

멍청아.”

콰직―!

검을 들지 않은 다른 한 손이 툴칸의 머리 정수리를 내리찍
었다.

가진 것이라고는 무식한 힘과 튼튼한 몸뚱이밖에 없는 툴
칸이었지만 루슬릭의 주먹 한 방은 그로서도 쉽게 견디기 힘
들었다.

“크윽!”

“오, 안 쓰러지네?”

스스슥―

매끄럽게 지면을 스쳐간 루슬릭이 순식간에 툴칸의 옆으
로 돌아갔다.

“일단, 무릎부터 꿇고 시작하자.”

“뭣……?”

뻐억―!

루슬릭의 다리가 툴칸의 다리 뒤쪽을 강하게 걷어찼다.

빠각―

“끄아아아아악!”

순식간에 두꺼운 다리뼈가 박살 났다.

방심 따위는 추호도 하지 않았다. 그는 루슬릭의 실력을 그
누구보다 잘 안다고 생각했다.

하지만 자신이 조금만 시간을 벌어준다면, 자신들을 한참 아래로 내려다보며 방심하고 있는 지금이라면 벅스의 기습이 통할지도 모른다고 생각했다.

하지만 그러기 위해서는 자신이 조금이라도 시간을 벌어주어야 한다는 전제가 필요하다.

툴칸은 자신이 있었다.

자신 정도의 실력이라면, 설사 상대가 용병왕이라 하더라도 시간을 끄는 것 정도는 가능하리라 생각했다.

아무리 강하다고 해도…….

'조금 정도는 가능하다고 생각했는데…….'

털썩―

툴칸의 무릎이 강제적으로 꿇렸다.

'이건 너무하잖아?'

그때, 툴칸의 눈에 루슬릭의 뒤로 나타나는 벅스가 보였다.

그의 날카로운 비수가 막 루슬릭의 목을 찌르는 그 순간이었다.

"도망……."

턱―

루슬릭의 손이 벅스의 비수를 잡았다.

손아귀에 잡혀 꿈쩍도 않는 비수에 힘을 주며 벅스가 혼란스러운 표정을 지었다.

"암살의 기본은 나를 알고 적을 아는 것. 죽일 수도 없는 놈의 뒤통수를 찔러봤자, 뒈지는 건 너라고 안 가르쳤냐?"

"이, 이런 젠장……."

"젠장이고 나발이고."

카앙—!

단단한 비수가 그대로 반으로 쪼개어졌다.

강철로 만들어진 비수를 박살 내는 괴력에 벅스는 그 짧은 순간 더없이 치를 떨었다.

"너도 바닥에 찌그러져 있어."

퍼억—

"크억!"

바위도 산산조각 낼 주먹이 배에 꽂혔다. 내장이 터져 나가는 고통에 벅스는 그대로 바닥에 나뒹굴었다.

암살에 특화된 벅스는 그 특성상 은신을 들킨 순간 이미 실력이 반감되는 것이나 마찬가지였다. 그리고 그에게 은신술을 가르쳐 준 사람이 바로 루슬릭이었다.

순식간에 두 사람을 제압한 루슬릭은 바닥에 쓰러져 있는 툴칸과 벅스를 번갈아 봤다.

"뭐해?"

그때, 먼발치에서 싸움을 구경하고 있던 루나가 다가왔다.

그의 실력을 가장 잘 알고 있던 루나는 루슬릭이 고작 툴칸과 벅스 따위에게 지지 않을 것임을 알고 있었다. 그렇기에 싸우는 중에도 이토록 여유롭게 떨어져 구경할 수 있었던 것이다.

스륵—

루나의 허리춤에 감겨 있던 허리띠가 풀리며 기다란 채찍으로 변했다.

허리띠로 위장한 채찍이야말로 바로 그녀의 무기였다. 마법으로 강화되어 있는 채찍은 강철도 찢어발기는 위력을 가지고 있었다.

"죽이는 것이 망설여진다면… 내가 할까?"

"됐어. 손에 피 묻혀서 좋을 게 뭐가 있다고."

"그렇다고 이 녀석들을 그냥 놓아줘? 어차피 언젠가 또 들이댈 텐데."

"뭐, 별로 날카로운 이빨도 아니라 크게 상관은 없긴 하지만……."

간신히 부상을 추스르고 상체를 일으킨 파이온을 보며 루슬릭이 눈살을 찌푸렸다.

"그래도 살려두기는 찝찝하군."

"……역시 그런가."

혹시나 하던 툴칸이 아쉽고도 씁쓸한 표정으로 중얼거렸다.

자기 사람만큼은 끔찍이 아끼기로 유명한 루슬릭이었다. 그 성격으로 미루어볼 때, 잘만 구슬리면 살아 돌아갈 수도 있다고 생각했다.

하지만 이미 루슬릭은 자기 사람과 아닌 사람을 구분지어 놓은 상태였다.

"안타깝지만 니들은 이제 내 사람이 아니야."

"렝의 밑으로 들어간 건… 역시 잘못된 선택이었군."

"왜 그랬냐?"

"기껏 살려두고서 묻는 게 고작 그건가?"

입안에 고인 피를 한 움큼 뱉으며 벅스가 기괴한 미소를 지었다.

"몰라서 묻나? 돈, 명예, 지위. 네가 항상 '고작'이라고 말하던 그딴 것들 때문이지."

"렝이 그것들을 약속했나?"

"그래. 최고의 대우를 약속했지. 그 대가로, 저기 파이온과 루나를 비롯한 기존 제1로열 나이트 용병단의 간부들의 암살을 부탁받았다."

툴칸, 벅스, 루나, 파이온.

그래도 한때는 동료였던 이들이었다.

누군가는 이십 년을, 누군가는 십수 년을 함께해 온, 어쩌면 가족이라고 부를 수도 있는 존재들.

루슬릭은 그런 사람들을 '고작' 돈이나 권력 따위와 맞바꾼다는 현실을 믿기 힘들었다.

그리고 그런 현실을 받아들이는 툴칸과 벅스의 행동거지에 치가 떨렸다.

"…내가 니들을 잘못 봤네. 이런 개쓰레기일 줄 알았다면, 애초에 단원으로 받는 것도 아니었는데."

"쓰레기가 우리만 있는 줄 아나? 네가 믿는 그 스무 명의 동료 중, 열네 명이 나나 툴칸 같은 놈이다. 쓰레기는 우리가 아니라 너희야. 현실을 받아들이지 못하고 머리를 폼으로 달고 다니는……."

콰드득—!

"어디서 개가 짖나."

목을 발로 밟아 죽인 루슬릭이 이번엔 툴칸에게로 시선을 돌렸다.

한때는 가족이라고 보듬었던 사람을 망설임 없이 죽이는 루슬릭의 손속에 툴칸은 치가 떨렸다.

"유언은?"

"…적어도 난 돈 때문은 아니었소."

"그건 듣던 중 반갑군. 그럼 뭐 때문이지?"

"난… 단장처럼 되고 싶었소."

"…나처럼?"

툴칸은 지그시 눈을 감으며 대답했다.

"그렇소."

그 대답을 끝으로 툴칸은 입을 닫았다.

그 이상의 말을 아끼는 그의 목소리에는 진심이 묻어나왔다.

우상.

루슬릭은 놀기 좋아하고 살인에 주저함이 없다. 타인을 배려할 줄 모르고 자기 사람이 아니라면 어떻게 되든 개의치 않는다. 선함과 악함의 구분 따위를 나누지 않는 그 성격은 한 명의 인간으로서는 최악이었지만, 그 실력과 냉철한 판단력은 용병이라면 누구나가 동경할 만했다.

하지만 그것을 막연히 아는 것과 귀로 듣는 것에는 큰 차이가 있었다.

더군다나 가족이라고까지 생각할 정도로 오랜 시간을 곁에 두어온 동료라면 그런 사실이 더욱 혼란스럽게 와 닿을 수밖에 없었다.

"너 내가 호구로 보이냐?"

뻑―!

"큭!"

안면을 주먹에 얻어맞은 툴칸이 깨진 코를 매만졌다.

"너 연기 잘하는 거 다 알아, 임마. 내 눈치가 백단이야."

"지, 진짜로 난 단장을……."

"진심이라고? 그래, 진심이겠지. 근데, 나처럼 안 되고 싶은 용병도 있냐?"

"……."

거만하지만 맞는 말이었다.

로열 나이트 용병.

그 자리는 용병왕을 제외한 모든 용병들이 한 번쯤은 꿈꿔 볼 법한 자리였으니 말이다.

툴칸뿐만이 아니라 이 대륙에 발을 붙이고 있는 모든 용병이 아마도 루슬릭을 비롯한 로열 나이트 용병들을 우상으로 삼고 있을 것이다.

"징징거리지 말고 그냥 죽어라. 옛정 생각해서 유언 정도는 들어주려 했더니, 어디서 개수작이야?"

"다, 단장! 잠깐 진정하고 내 말을……."

서걱—

루슬릭은 귀를 후볐다.

"아, 시끄러."

*　　　*　　　*

파이온은 상처 부위를 꿰매고 급하게 치료를 받았다.

깊은 밤중에 제대로 된 의원을 구하기란 쉽지 않은 일이었다. 하지만 루나와 루슬릭은 오랜 시간 용병을 하며 이런 일을 자주 해왔다.

특히 상처를 꿰매는 루나의 실력은 어지간한 의원보다 나았다.

"다 됐다."

팡—

상처 부위 위쪽을 손바닥으로 강하게 치며 루나가 치료의 끝을 알렸다.

한두 번 맞아보는 게 아닌 듯 파이온은 고통스러운 표정은 지으면서도 소리를 지르거나 하지는 않았다.

"그거 좀 안 하면 안 됩니까?"

"이래야 빨리 나아."

"대체 그런 건 어디서 배워서……."

"내가 가르쳐 줬다. 꼽냐?"

파이온은 루슬릭의 저 물음에 한 번도 그렇다고 대답해 본 적이 없었다.

이번에도 역시 침묵으로 일관하는 파이온의 반응에 루나가 물었다.

"그나저나 열네 놈이라… 생각보다 많이도 붙어먹었네."

렝의 밑으로 들어간 단원들이 있다는 것쯤은 알고 있었지만 많아봐야 열 명 안팎이라고 생각했다.

한데, 벅스의 말이 사실이라면 렝의 밑으로 들어간 단원은 총 열넷이었다. 생각보다 너무 많은 수였다.

"의리 없는 새끼들. 아무리 그래도 그렇지, 렝 놈 밑으로 들어가냐."

"돈보다는 목숨이 아까웠겠지. 렝 녀석, 지 밑으로 안 들어오는 놈은 가차 없이 베어버릴 놈이니까. 이번처럼 말이지."

특히나 루슬릭과 렝의 사이는 로열 나이트 용병들 중에서도 앙숙이다 싶을 만큼 좋지 않았다.

제1로열 나이트 용병단의 역할은 주로 타국의 전쟁과 같은 일들을 돈을 받고 도와주는 것이었다. 즉, 전문적인 전쟁 용병들의 집단인 셈이다.

반면 제2로열 나이트 용병단은 타국과 외교적인 문제를 처리하고 자국인 용병왕국을 수호하는 역할을 하고 있었다.

이렇듯 전혀 상반되는 두 개의 용병단은 의뢰 중에 자주 부딪힐 수밖에 없었고 렝과 루슬릭의 성격 또한 크게 달랐다.

더군다나 오 년 전쯤에 루슬릭과 렝의 싸움으로 렝은 왼쪽 눈을 잃기까지 했다.

"그러게 왜 가만히 있는 녀석 치부를 들춥니까?"

"아니, 그 새끼가 먼저 마누라 버리고 다른 여자 치마폭에

엉기는데 그걸 그냥 두고 봐?"

"…그럼 왜 안 두고 봅니까?"

"도의에 맞지 않으니까."

"그 말 들으면, 단장 손에 명을 달리한 사람들이 비웃습니다."

"그래서, 명을 달리하고 싶냐?"

"제발 부탁드리는데, 장가는 보내주시죠. 2세는 봐야 하지 않겠습니까?"

능글맞게 빠져나가는 파이온을 보며 루슬릭이 끙 하고 앓는 소리를 냈다.

파이온이 말한 사건은 루슬릭과 렝의 사이를 결정적으로 갈라놓게 만든, 아니, 서로 원수가 되게끔 만든 사건이었다.

렝의 입장에서는 절대로 드러나서는 안 되는 치부를 루슬릭이 다 까발린 것이다.

도의에 맞지 않다는 말은 헛소리이고, 사실 그때 루슬릭은 '개 같은 새끼, 엿이나 처먹어라.' 라는 아주 단순한 생각이었다.

"……이렇게 심각하게 꼬일 줄 누가 알았나."

작고 작은 일이 쌓여 서로를 죽고 죽이는 관계까지 발전했다.

비단 치부를 한 번 들춘 것만이 아니더라도 애초부터 서로 성격이 맞지 않았던 앙숙이었다. 게다가 렝은 원래부터 한 번적이라 생각한 사람은 결코 살려두지 않는 인물이었다.

"상황 참 거지같군."

"어쩌실 겁니까?"

"열네 놈이 렝 밑으로 들어갔으면, 안 들어간 놈이 여섯이라는 소리겠지. 너나, 루나같이."

"찾으실 생각입니까?"

"처음부터 그럴 생각이었어. 이젠 찾아야 할 놈들과 죽여야 할 놈들로 나뉜 것뿐이고."

렝 밑으로 들어갔다면 분명 툴칸과 벅스처럼 그렇지 않은 다른 동료들을 죽이라는 조건을 받았을 것이 뻔했다.

그런 조건을 받아들이면서까지 렝의 밑으로 들어간 놈들이라면, 루슬릭은 더 이상 가족이나 동료로 여기지 않을 생각이었다.

"그나저나 너, 그 몸으로 괜찮겠냐? 가능하면 쉬어둬라. 나랑 루나 둘이서 갈 테니까."

"이런 부상이 한두 번입니까? 급소는 비껴 맞았습니다. 평소처럼 움직이는 건 무리겠지만, 그럭저럭 움직일 만합니다."

파이온은 과한 몸짓으로 팔을 빙글빙글 돌렸다.

그래도 아직 아프긴 한지 표정을 조금 찡그렸지만, 저 정도면 크게 문제는 없겠다 싶었다.

"뭐, 어차피 큰일 치르는 것도 아니니."

부락민들 제거.

그 수가 족히 일천이었다.

고작 세 사람이 처리하기엔 너무 많은 수였지만, 루슬릭은 충분히 부락민족을 제거할 수 있으리라 생각했다.

"일단, 내일 상태 보고 결정하지."

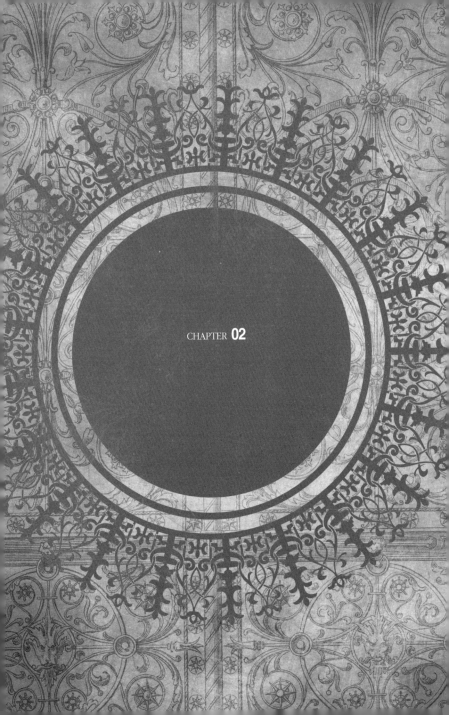

CHAPTER **02**

Return of the 용병귀환
Mercenary

필라온 자작가와 가장 인접한 부락민족의 이름은 파움족
이었다.

족히 오백 명으로 이루어진, 부락민족이라고 하기엔 지나
치게 거대한 규모의 이 부락민들은 필라온 자작가 최대의 골
칫덩어리였다.

파움족이 무서운 이유는 어린아이는 물론 여자들까지 창
대를 쥐고 있다는 점이다. 즉; 갓난쟁이와 노인을 제외한 모
두가 전투원이라는 뜻이었다.

더군다나 그 주변의 다른 부락민들까지 생각했을 때 필라

온 자작가를 위협하는 부락민들의 규모가 어느 정도일지는 생각만 해도 끔찍했다. 만약 그런 부락민들을 토벌하겠다고 나선다면 그 틈을 타 주변 영지들이 가만히 있지 않을 것이다.

루슬릭과 루나, 그리고 파이온은 부락민들의 토벌을 위해 단 셋이서 길을 나섰다.

파움족이 위치한 부락촌은 필라온 자작가에서 말을 타고 두어 시간 정도만 달리면 도착할 정도로 가까운 거리에 위치해 있었다.

"설마 진짜 다 죽일 생각입니까?"

눈앞을 가리는 수풀을 창대로 쳐내며 파이온이 물었다.

오백 명이나 되는 부락민을 모두 죽이겠다는 루슬릭의 호언장담이 신경 쓰인 까닭이었다.

"그럼 반만 죽일까?"

섬뜩한 말을 아무렇지 않게 꺼내며 루슬릭이 검집을 허공에서 빙글 돌렸다.

"죽이긴 죽여야겠지만, 다 죽일 필요는 없어. 도망치는 놈들까지 죽일 생각은 없으니까. 말이 통하기만 한다면, 부락촌을 옮기게 만들 수도 있고."

"말이 안 통하면요?"

"눈탱이가 밤탱이가 될 때까지 때려야지."

"누구를요?"

"누구든지."

결코 빈말이 아님을 알기에 파이온은 그저 한숨을 쉴 수밖에 없었다.

하지만 지금 상황은 루슬릭의 말처럼 무식해지는 방법 외에는 달리 해결할 길이 없었다. 부락민들에게 순순히 물러나라는 말이 먹혀들 리는 없으니 말이다.

"슬슬 도착인가?"

"그런가 보네요."

슉―

세 사람이 걸어가고 있던 수풀의 양쪽에서 나무로 만들어진 창대가 튀어나왔다.

미리부터 매복해 있던 부락민들을 눈치채고 있던 루슬릭은 고개를 살짝 뒤로 젖혀 창대를 피하고는 그대로 창대를 쥐어 잡아 끌어냈다.

"우와앗!"

"끄앗!"

깜짝 놀라 비명 소리를 내며 두 명의 젊은 남자가 루슬릭의 앞으로 끌려왔다. 이제 십 대 후반이나 되었을까 싶은 어린 부락민 전사들이었다.

내심 창을 빼앗을 생각으로 잡아끈 것인데 사람이 함께 끌려오자 루슬릭은 조금 놀란 표정을 지었다.

"훈련은 꽤 잘 받았나본데?"

"그러게요."

창과 함께 몸이 끌려오면서까지 창을 놓지 않았다는 것은, 그 정도로 창에 대한 애착이 강하거나 체계적인 훈련을 받았다는 뜻이었다.

"뭐… 개죽음 당하기엔 딱 좋지만."

"아직 어리잖습니까. 상황에 따라 무기를 버리는 게 더 좋을 수 있다는 걸 알기엔 아직 이르죠."

"너도 저놈들 나이 땐 똑같았어, 새꺄."

두 사람이 잠깐 잡담을 나누는 사이, 두 명의 젊은 부락민 전사는 황급히 자리에서 일어났다.

무기를 빼앗긴 탓인지 둘은 조금 떨어져 주먹을 움켜쥔 채 경계만 할 뿐, 덤벼들거나 하지는 않았다.

"도망가지 않는 용기는 꽤나……."

"멍청하지. 되도 않는 상대를 만났을 땐 도망가는 게 상책인데. 아가들아, 형아 바쁘니까 얼른 어른들 위치나 알려주고 엄마 젖이나 먹으러 가지 않으련?"

세 살배기 어린아이를 달래는 말투에 열이 받았는지 부락민 전사 한 명이 씩씩거리며 소리쳤다.

"아가가 아니다! 나는 파움족 전사 구루가다!"

"나는 구루타다!"

구루가, 구루타.

이름으로 보아 형제인 듯했다.

"……어라, 공용어를 할 줄 아네요?"

"요즘은 부락민들도 세계적인가 봐. 아무튼 말이 통하니 다행이네. 아무리 내가 개새끼여도 저런 꼬맹이들까지 죽이고 싶진 않거든."

"개새끼인건 아나봐, 서방?"

"알지. 개새끼기만 하면 다행이게? 내 손에 죽은 놈이 몇인데."

가볍게 대화를 나누며 루슬릭은 구루가와 구루타를 향해 양손을 뻗었다.

셋이 나누는 대화를 대강 알아들은 구루가와 구루타는 내심 겁을 먹은 상태였다. 그런 상황에 루슬릭이 손을 뻗으니 굳은 몸이 정상적으로 움직일 리 없었다.

천천히 뻗은 손은 생각보다 빨리 두 사람의 어깨를 움켜잡았다.

"안내 좀 부탁한다."

＊　　　＊　　　＊

부락촌은 말 그대로 천막들로 이루어진 촌의 모습을 이루고 있었다.

촌은 나무들을 깎아 평지를 만든 평지대에 이루어져 있었는데, 그 크기가 생각 이상으로 컸다.

이 정도면 필라온 자작령의 절반 정도는 되지 않을까 싶을 정도였다.

구루가와 구루타와 함께 부락촌에 들어선 루슬릭과 일행을 부락민들은 썩 반기지 않았다.

당연했다.

애초에 부락민들이란 자기들 민족들을 제외한 이방인을 결코 받아들이지 않았다. 그들은 타 부족과도 교류하지 않았고, 자신들과 완전히 다른 세계를 살아가는 귀족들과는 아예 대화조차 하려 하지 않았다.

부락민들의 따가운 시선을 받으면서도 루슬릭은 여유롭게 걸음을 옮겼다.

사나운 부락민들이 당장에 그들을 공격하지 않는 이유는 루슬릭의 양손이 구루가와 구루타의 목을 움켜잡고 있기 때문이었다.

"허튼짓하면 뒤진다?"

"아, 알겠다."

바싹 마른 입안을 힘들게 적시며 구루가가 대답했다.

머리에 피도 안 마른 소년들을 협박하는 루슬릭의 무도한 행동에 루나는 그저 한숨을 쉬었다.

루슬릭이라면 정말 까닥하는 순간 두 명의 어린 소년을 죽여 버릴 수도 있었다.

"여기냐?"

"그, 그렇다. 여기에 산다. 우리 촌장 할아버지."

구루가와 구루타가 안내한 곳은 부락촌 안쪽의 가장 깔끔한 천막이었다. 동물의 뼈나 잘 다듬어진 돌멩이 따위로 꾸며져 있는 것이 꽤나 높은 사람이 기거하고 있다는 느낌이 들었다.

촌장이 사는 천막의 앞에는 두 명의 부족민이 대기하고 있었다.

그들은 구루가, 구루타와는 달리 숙련된 전사라는 것을 증명하듯 루슬릭과 그 일행을 경계하는 모습에 날이 서 있었다.

"니들도 공용어 할 줄 아냐?"

"무슨 일이냐?"

"이 덜떨어진 놈들보다 잘하네. 니들 대가리 보러 왔다."

"대가리? 우리 머리를 왜 보러 온 거지?"

"……아니, 니들 머리 말고. 내 말은 촌장을 보러 왔다고. 이 새끼들 뒤지는 꼴 보기 싫으면, 다섯 세기 전에 길이나 터."

손바닥을 앞으로 쫙 내밀며 루슬릭이 첫 번째 손가락을 접었다.

"하나."

다섯 개의 손가락이 하나씩 접혀갔다. 하지만 부락민들은 눈 하나 깜짝하지 않았다.

그들은 오직 촌장의 안위만이 중요할 뿐, 구루가와 구루타 같은 말단 부락민 따위는 안중에도 없는 듯했다.

결국 숫자 다섯을 모두 센 루슬릭은 안쓰러운 표정으로 구루가와 구루타를 바라봤다.

"……니들 진짜 쓸모없다."

"아니다!"

"우리 쓸모 있다!"

"닥쳐. 쓸모없는 새끼들."

뚜둑—

손가락을 꺾으며 루슬릭이 천막 안으로 걸음을 옮겼다.

"뭐, 인질이 안 되면 힘으로 들어가 봐야지. 말해두지만 난 분명 대화로 해결해 보려고 했다?"

"……대화?"

어이없다는 표정을 지으며 루나가 허리춤에서 채찍을 뽑았다.

"$&*@%$#."

그때, 천막 안쪽에서 길게 수염을 늘어뜨린 노인이 나왔다.

그는 알 수 없는 언어를 중얼거렸는데, 루슬릭을 경계하던 부락민들은 잠시 곤란한 표정을 짓더니 이내 옆으로 물러났다.

슬그머니 주먹을 내리며 루슬릭이 물었다.

"네가 여기 촌장이냐?"

"……어린놈이 버르장머리가 없구나."

"나야 겁낼 게 없으니까. 어쩔래? 안에 들어가서 차분히 이야기할래, 아님 싸울래?"

"고작 너희 셋으로 우리와 싸우겠다는……."

"그런 소리지. 싫으면 때려 치시고."

살살 약을 올리는 루슬릭의 언행에도 촌장은 흥분하지 않았다. 오히려 더욱 차분해진 얼굴로 루슬릭과 루나, 그리고 파이온의 이면을 찬찬히 살폈다.

"……확실히 한가락 하는 놈들이로군."

몸을 휙 돌린 촌장이 다시금 천막 안으로 들어갔다.

"따라 들어와라. 피를 보는 것보다야 낫겠지."

"#@$&*!"

부락민들이 촌장을 향해 뭐라 떠들었으나 촌장은 그런 그들을 무시했다.

"기다리고 있어. 금방 끝내고 나올게."

루슬릭은 터벅터벅 촌장의 뒤를 따랐다. 꽤나 큼지막한 천막 안으로 들어가자, 밖에서 보이는 장식품과 비슷한 것들이 걸려 있었다.

그중에는 딱 보기에도 값이 꽤나 나갈 것 같은 보석도 몇 개 걸려 있었다.

"꾸미는 걸 꽤 좋아하시나 봐?"

"좋아하지는 않는다. 다만, 우리 가족들의 선물을 무시하지 못했을 뿐이지."

"공용어 한번 매끄럽게 잘 하네. 좋아. 생각보다 이야기가 어렵진 않을 것 같으니."

"자네 같은 괴물이 왜 우리를 찾아왔나? 무어 빼앗아 먹을 게 있다고."

촌장은 더없이 탁한 눈으로 루슬릭을 바라봤다.

얼굴 곳곳에 검버섯이 핀 촌장은 이미 그 나이가 백에 가까웠다. 그는 루슬릭이나 루나, 파이온처럼 강하지는 않지만 세상을 보고 사람을 보는 눈만큼은 그 어느 누구보다도 지혜로웠다.

그의 눈에는 루슬릭이 보였고, 그의 삶이 보였다.

그렇기에 경계할 수밖에 없었다.

루슬릭이 무엇을 원하는지에 따라 파움족의 미래가 달라질 것이니.

"괴물이라… 그 표현, 썩 좋아하지는 않는데."

"아니, 자네는 괴물이네. 우리 작고 초라한 부락민들을 억압하고, 죽이는. 하지만 자네가 인간이 될지 괴물이 될지는 오롯이 자네의 선택에 따라 달라지겠지."

"설득인가?"

"제대로 보았네."

자신들을 그냥 내버려 두고 인간이 되라는, 촌장의 설득은 차분한 목소리와는 달리 무척 애처로웠다.

이해하려고 하면 이해하지 못할 것도 없었다.

이 숲은 파움족 부락민들이 살기엔 곡식을 일굴 땅도, 나무에서 열리는 열매도, 산짐승도 부족했다.

결국 그들이 살아가기 위한 방법은 약탈뿐. 그들은 그들 나름대로의 생존 방법을 찾았고, 어쩔 수 없이 그것을 선택했을 뿐이다.

결국 루슬릭이 그들을 모두 죽이든, 그들이 약탈을 포기하고 굶어 죽든, 죽는다는 사실은 전혀 변함이 없었다.

"돌아가 주게. 부탁하네."

"의외군. 원래 겁이 많나?"

"내 눈엔 자네가 보이네. 자네의 손에 죽은 사람은 고작 오백 정도가 아니야. 자네가 마음먹으면, 우리 부족은 피바람을 맞겠지."

"……이건 더 의외군."

생각지도 못한 곳에서 엄청난 사람을 만났다.

루슬릭은 로열 나이트 용병으로 활동하며, 수많은 거물을 만나왔다.

그중에는 공, 후작들도 있었으며 한 나라의 왕이라는 인물도 있었다.

때문에 루슬릭 역시 사람 보는 눈에 꽤나 일가견이 있는 편이었다.

그가 보기에도 눈앞의 촌장은 이런 작은 부족 따위에 얽매여 있을 그릇이 아니었다. 시기와 배경만 충분하다면 일국의 왕을 노려봄직한 그릇과 눈을 가지고 있었다.

비록 지금은 언제 죽을지 모를 정도로 나이를 먹었다지만, 루슬릭은 이런 위인을 그렇게 쉽게 죽이고 싶지 않았다.

"……피바람을 맞을지, 비바람을 맞을지는 너희가 선택해."

"보다시피 허름하고 무너져 가는 천막들뿐이네. 피바람이든 비바람이든 바람만 분다면 무너질 테지. 자네가 원하는 게 뭔가? 우리 부락이 사라지길 원하나?"

"필라온 자작가의 상행을 방해하지 않을 것. 내가 원하는 건 이거야."

"그들에게서 빼앗는 식량은 우리 부족의 생명줄이네. 자네도 알지 않나? 이 척박한 북부의 땅을 먹여 살리는 영지가 어디인지."

촌장의 말은 구구절절 옳았다.

북부의 땅은 대체로 척박하다. 넓고 넓은 북부의 땅 중, 대지의 축복을 받은 땅은 오직 필라온 자작령뿐이다.

그런 그들의 식량을 털지 않고서는 파움족 역시 생계를 이어갈 수 없다.

먹고 먹히는, 그로 인해 생태계를 유지하는 먹이사슬과도 같은 법칙이다. 필라온 자작가 대지의 축복을 받은 대신 분쟁이 끊이지 않는 이유도 이와 비슷한 맥락이다.

이 먹고 먹히는, 빼앗고 빼앗기는 관계가 깨어질 때야말로 필라온 자작가 북부의 지배자가 되는 때이다.

"그런 건 내 관심 밖이고, 선택이나 해. 순순히 네 부족민들을 이끌고 멀리 떠나든지, 내 손에 다 뒤지든지."

"……자네는 내게 너무 힘든 선택을 강요하는군."

지그시 눈을 감으며 촌장이 고개를 저었다.

"미안하네. 싸우다 죽으면 죽었지, 난 내 가족들을 굶어 죽게 할 수는 없어."

"안타깝네. 오랜만에 만난 괜찮은 놈인데, 넌."

참으로 오랜만에 만난 지혜로운 사람이었다. 귀족으로 태어났다면 일국의 왕이나 재상이 되었어도 이상하지 않았다.

인근 부족 중 파움족이 제일 세가 크고 까다로웠던 까닭도 어쩌면 눈앞의 촌장 때문이 아닐까 싶었다.

"넌… 가장 마지막에 죽여줄게. 네가 어떻게 생각하든, 그게 내가 너에게 해줄 수 있는 마지막 예우니까."

몸을 돌려 천막을 나가려던 루슬릭의 발걸음을 촌장의 목소리가 붙잡았다.

"그 마음은 고맙지만, 아무래도 지금은 헤어질 때가 아닌 것 같네."

쿠구궁―

그때, 천막 안쪽의 공기가 심하게 뒤틀렸다.

걸음을 옮기던 루슬릭의 발이 우뚝 멈췄다. 무릎을 살짝 굽히며 루슬릭이 뒤쪽을 돌아봤다.

그곳에는 여전히 편안한 자세로 서 있는 촌장의 모습이 보였다.

"……무슨 장난이냐? 여기 부족은 마법도 배워?"

"마법이라. 세상 밖에서는 그렇게 부르기도 하더군. 하지만 우린 이것을 '주술' 이라고 하네."

현재 루슬릭이 서 있는 공간은 무거운 중압감으로 인해 숨도 제대로 쉬기 어려울 정도였다.

보통보다 몇 배는 되는 중력으로 인해 루슬릭의 몸은 천근만근 무거웠다. 보통 사람이었다면 그대로 몸이 짓눌려 죽었을지도 모른다.

"아무리 자네라고 해도 그 공간에서 움직이기는 힘들 것이야. 사실 놀랍네. 그곳에서 서 있을 수 있는 사람이 존재한다는 것 자체만으로도 말이지."

"뭔가 했더니 마법진이었나?"

천막의 바닥에는 하얀 분필로 알 수 없는 그림이 그려져 있었다.

처음 들어왔을 때에는 다른 장식들처럼 바닥에도 그림을 그려 장식을 해놓았구나 싶었는데, 이제 보니 그것은 보다 쉽게 마법을 쓰기 위한 마법진이었다.

"그나저나 실망했어."

"실망?"

"좀 더 대단한 녀석인 줄 알았는데, 이제 보니 우물 안에서 허우적거리는 녀석일 뿐이었어."

터벅—

루슬릭의 걸음이 바깥으로 향했다.

결코 움직일 수 없을 것이라 생각했던 촌장은 화들짝 놀랐다.

"어, 어떻게?"

루슬릭이 서 있는 공간은 손을 밀어 넣으면 손이 으깨지고 내장이 터져 나가는 공간이었다. 그런 곳에서 걸음을 옮길 수 있다는 사실이 두 눈으로 보면서도 믿기지 않았다.

제대로 진이 발동되지 않은 것일까 싶기도 했지만 루슬릭이 서 있는 공간은 한눈에 보기에도 기이할 정도로 일그러져 있었다.

그 말은즉, 제대로 진이 발동되었다는 뜻이었다.

"여기서 서 있는 수 있는 사람이 있을 줄 몰랐다고? 바깥엔 많아. 그리고 나처럼 멀쩡히 움직일 수 있는 녀석도 손가락에다 세기 어려울 정도로 많지. 결국 넌 개구리들 사이에서 조금 더 뛰어난 개구리였을 뿐이야."

"자, 잠깐!'

애처로운 촌장의 목소리를 뒤로하고 루슬릭이 밖으로 나갔다.

그곳에는 수많은 인파의 부족민과 여전히 구루가와 구루타를 인질로 잡고 있는 루나와 파이온이 기다리고 있었다.

"협상은 결렬이다."

루슬릭이 파이온이 잡고 있는 구루가와 구루타를 향해 손을 뻗었다.

빠악, 빠악―!

두 방의 강렬한 딱밤이 이마를 강타했다.

장난처럼 보였지만 그 작은 행동 하나에 두 어린 소년의 두개골은 산산이 부수어졌다.

설마하니 어린아이들까지 건들 줄은 몰랐는지 파이온이
화들짝 놀랐다.

"단장?"

주위에 몰려든 부족민들을 돌아보며 루슬릭이 살벌이 말
했다.

"지금부터 파움족을 섬멸한다."

키잉—

쫘악—!

파이온이 창을 꺼내고, 루나가 땅을 향해 채찍을 휘둘렀다.

루슬릭 역시 허리춤에 메고 있던 검집에서 검을 뽑아 들었
다.

"실시!"

*   *   *

피비린내 속에서 비명 소리가 끊임이 없었다.

루나의 채찍이 움직이면 두세 명의 부족민 목이 찢겨져 나
갔고, 파이온은 불편한 몸을 이끌고도 작은 움직임으로 창을
찔러 적들의 몸을 꿰뚫었다.

그중 루슬릭은 이미 백이 넘는 부족민을 베어 넘기고 있었
다.

검이 한 번 반짝인다 싶으면 주위의 부족민들 서너 명의 목이 베어졌다.

때로는 주먹을 휘둘러 얼굴을 후려쳤는데, 그의 무시무시한 완력은 어김없이 두개골을 박살 냈다.

두려움을 모르고 살아온 파움족 전사들이었다.

하지만 세 사람의 무시무시한 신위가 두렵지 않을 수는 없었다.

도저히 상대가 되지 않는다. 어린아이라 해도 오백이 덤비면 어른 셋을 감당하기 어렵지 않을 터인데, 어찌된 영문인지 고작 세 명의 사람이서 부족민 오백을 학살하고 있었다.

"그만두게!"

어느새 밖으로 나온 촌장이 악에 받쳐 소리쳤다.

부족민들을 가족처럼 끔찍이 아끼는 그였다. 얼굴에 검버섯이 피고 머리가 다 빠질 때까지, 백 년 평생을 부족민들을 위해 살아왔다.

그런 부족민들이 오늘 처음 나타난 세 명에게 학살을 당하고 있었다. 가족 같은 부족민들 한 명, 한 명의 목이 떨어질 때마다 촌장은 심장이 쥐어뜯기는 기분이었다.

"제발 그만두게!"

서걱—

처절한 외침에도 루슬릭은 검을 멈추지 않았다.

"너 눈이 왜 그러냐?"

동부 조합으로 돌아온 루슬릭이 붉게 충혈된 아칸의 눈을 보며 물었다.

멋쩍은 웃음을 흘리며 아칸이 어색하게 대답했다.

"그, 그냥 요새 잠을 설쳐서 그렇습니다. 그나저나 뒤에는……?"

"아, 이 녀석은 파이온. 네가 찾아준 놈이다. 덕분에 찾은 거니 고맙다는 말도 하고, 이번에도 신세 좀 질까 해서 왔다."

예절이 몸에 밴 파이온은 자신보다 나이가 많아 보이는 아칸을 향해 반듯하게 인사했다. 실제로 용병으로 활동해 온 시기로 따져도 아칸은 파이온보다 선배였다.

파이온은 루슬릭과 함께 파움족을 멸족시킨 후, 곧장 영지를 떠나는 선택을 했다. 괜히 가문으로 돌아가 봤자 미련만 을 것 같았기 때문이었다.

간단한 인사를 나눈 후 루슬릭은 다시금 동부 조합 인근의 으로 향했다. 아칸이 다음 단원을 찾을 때까지 그들이 할 는 일은 없었다.

슬릭이 돌아가자 아칸은 다시금 의자에 앉으며 뒤로 숨 신을 꺼내 읽었다.

! 대체 나보고 어쩌라고?"

장난기나 짓궂었던 평소의 표정은 간데없고, 검을 휘두르며 사람을 죽이는 그의 표정은 놀라우리만치 무표정했다.

마치 감정이 없는 사람 같았다.

얼굴을 붉게 물들이며 촌장이 소리 질렀다.

"이, 이 악마의 자식 같은……!"

"……신경 쓰이게."

루슬릭의 신형이 촌장의 앞으로 날아왔다.

처음으로 루슬릭이 반응을 보이자 촌장은 조금이나마 희망을 가졌다.

"부디 우리 부족을……."

"닥쳐."

뿌각—

바위도 부술 주먹이 촌장의 관자놀이를 후려쳤다.

촌장의 늙고 힘없는 머리는 그대로 날아가 힘없이 일그러졌다.

"&*@$%·&~!"

무어라 알 수 없는 말을 소리치며 부족민들이 루슬릭을 향해 달려들었다.

이미 영혼을 잃은 촌장의 몸뚱이를 발로 툭 걸어차며 루슬릭이 중얼거렸다.

"그래. 다 덤벼. 귀찮게 거치적거리지 말고."

＊　　　＊　　　＊

"이거 보십시오."

서류 묶음을 건네며 알비스가 다급히 말했다.

아칸은 벌겋게 충혈된 눈을 돌렸다. 그의 눈은 잠을 제대로 자지 못해 쾡했다.

"뭔데?"

"용병왕국에서 내려온 서신입니다."

졸린 눈을 깨며 아칸이 화들짝 놀랐다.

"칼프 님이 보내신 거냐?"

"네. 그런데… 두 장입니다."

"뭐가 두 장이야?"

아칸은 다급히 알비스가 건네는 서류를 받았다. 그의 말대로 서류는 총 두 장이었다.

두 장의 서류는 같은 장소에서 각기 다른 사람이 보내왔다.

하나는 그들의 직속상관이자 로열 나이트 용병인 칼프가 보낸 서신이었다.

그 내용은 별다른 게 없었다. 간단히 안부를 묻고, 루슬릭을 더욱 잘 부탁한다는 간단한 인사였다.

그런데 문제는 다른 한 장이었다.

"제2로열 나이트 용병, 렝?"

화들짝 놀라며 아칸이 고개를 갸웃거렸다.

아무리 그가 용병 조합의 지부장을 맡고 있다지만, 로열 나이트는 엄밀히 말해 그들과 차원이 다른 존재들이었다.

그들의 입장에서 아칸 정도는 그야말로 말단. 칼프야 각지의 용병 지부를 관리하는 인물이니 그렇다 치더라도, 렝은 이렇게 굳이 따로 서신을 보낼 이유가 없었다.

"읽어보십시오."

아칸은 알비스의 목소리가 심상치 않다는 것을 알았다. 이미 아칸에게 서신을 주기 전에 미리 읽어본 그의

말로 전해 듣기보다 아칸은 직접 눈으로 읽는 쪽 그는 졸음도 잊고 서신을 읽어 내려갔다.

"……이게 뭐야?"

서신을 읽어 내려가는 그의 손이 부르르 떨

"우리보고 뭘 어쩌라고?"

"나 왔다!"

쾅—!

집무실 문이 거칠게 열리며 익숙한

아칸은 서둘러 서신을 뒤로 숨기

에게 짤막하게 인사했다.

"오, 오셨습니까?"

"……어디 생각이나 해봤겠습니까. 세상에 다섯뿐인 로열 나이트 용병 중, 세 명의 사이에 끼게 될 줄은."

렝의 서신은 루슬릭에 대한 지원을 끊고 자신의 밑으로 들어오라는 내용이었다.

어찌 보면 아칸은 현재 루슬릭에게 가장 큰 지원을 하고 있는 인물이었다. 제대로 된 정보망과 세력이 구축되어 있지 않은 루슬릭에게 아칸의 존재는 꼭 필요했다.

그러한 사실을 알게 된 렝은 루슬릭에게 정보를 조달하는 아칸을 포섭해 루슬릭이 어디로 움직이는지, 그리고 누구를 찾기 위해 움직이는지 알고자 했다.

하지만 아칸은 어디까지나 칼프의 직속 수하였다. 아무리 렝이 칼프와 같은 로열 나이트 용병이라고 해도 당장 밑으로 들어가겠다고 할 수 없는 입장인 것이다.

더군다나 그의 주위에는 지금은 은퇴했다고는 하지만 얼마 전까지만 해도 로열 나이트 용병이었던 루슬릭이 있었다.

아무리 은퇴했다고 해도 그 실력만큼은 진짜였다. 더군다나 루슬릭이 단장으로 있던 제1로열 나이트 용병단은 전쟁 용병단이었다. 호위, 토벌과 같은 의뢰를 해온 제2, 제3용병단보다 질적으로 훨씬 위험한 이들인 것이다.

루슬릭, 칼프, 렝.

세 명의 로열 나이트 용병의 사이에 끼어버린 아칸은 머리가 터져 버릴 지경이었다.

"쓰벌! 머리 아파 죽겠네. 야, 네가 보기엔 어떻게 하는 게 제일 좋을 것 같냐?"

"그, 그걸 왜 저에게 묻습니까?"

"머리 굴리는 게 내 짬이냐? 그건 네 밥값이야."

주먹을 팍 치켜드는 아칸의 협박에 알비스는 결국 앓는 소리와 함께 머리를 굴릴 수밖에 없었다.

"지금 당장은… 루슬릭 님과 칼프 님께 붙어야겠지요."

"지금 당장은? 그럼 나중엔?"

"아시지 않습니까? 제2로열 나이트 용병 렝은, 용병왕의 인장을 받아 제1로열 나이트 용병단을 거의 흡수하다시피 했다는 것을요. 그는 용병왕국의 실세입니다."

"결국엔 렝의 밑으로 들어가야 한다?"

"그런 셈입니다."

아칸과 알비스는 루슬릭의 정체를 알고 난 후 제1로열 나이트 용병단에 대해 조사를 해왔다.

그 결과, 제1로열 나이트 용병단의 단장이 어디론가 사라졌고 그렇게 공중분해된 용병단이 제2로열 나이트 용병단에 일부 합쳐졌다는 정보를 얻을 수 있었다.

두 개의 로열 나이트 용병단이 합쳐졌다.

그리고 그 두 개의 용병단이 합쳐진 현재의 제2로열 나이트 용병단의 단장인 렝은 현재 용병왕국에서 용병왕에 버금 가는 실권을 쥐고 있었다.

"결국 네가 말하고 싶은 건, 지금 당장은 루슬릭의 편인 '척' 해야 한다는 거냐?"

"그런 거죠."

"어렵군."

"하지만 기회이기도 합니다. 잘만 하면, 제라스 왕국 용병 조합의 총 조합장으로 승진하실 수 있을지도 모릅니다."

귀가 솔깃해지는 말이었다.

한 지방의 용병 조합장만 해도 충분히 높은 자리에 있다고 볼 수 있었지만, 아칸은 천성적으로 야망이 있었다. 또한 그 야망을 실현시키기 위한 노력과 기회를 놓치지 않는 능력 또 한 두루 갖추었다.

그 덕분에 일개 평민의 자식으로 시작해서 A급 용병이 되 었고, 그 어렵다는 S급 용병 자격을 취득했다. 또한 용병왕국 에서 능력을 인정받아 용병 조합의 조합장이 될 수 있었다.

하지만 그럼에도 아칸은 더 높은 자리를 원했다.

제라스 왕국의 총 용병 조합장이라면 그를 자극하기에 부 족함이 없었다.

그리고 렝이라면 아칸을 그 자리에 올려다 놓기에 충분한 배경이었다.

아칸의 눈이 욕심이라는 기름으로 번들거렸다.

"……렝에게 답장을 보내라."

*   *   *

바로 다음 날, 아칸은 루슬릭과 루나, 그리고 파이온을 호출했다.

아칸과 루슬릭, 둘 사이의 암묵적인 약속은 루슬릭이 원하는 사람을 찾기 전까지는 서로 건들지 않는 것이었다. 아칸도 루슬릭이 껄끄러웠고, 루슬릭 역시 그 이유가 아니라면 아칸을 찾을 이유가 딱히 없었다.

"찾았냐?"

"네. 확인된 결과, 용병왕국에 꽤 많은 사람이 남아 있는 것 같더군요. 그렇게 발견한 옛 제1로열 나이트 용병단의 간부가 총 다섯인데……."

아칸의 말이 이어지던 중, 루슬릭이 눈살을 찌푸리며 물었다.

"렝이라는 놈 밑이지?"

"알고 계셨습니까?"

"그래. 그놈들은 됐어. 렝 밑에 들어가지 않고 흩어진 놈들 중에는 없냐?"

"그렇지 않아도 한 명 찾아놓은 참입니다."

반가운 소식에 루슬릭의 얼굴이 활짝 펴졌다.

"그래?"

"네, 그런데……."

말하기를 주저하며 아칸이 서랍 속에서 한 장의 서류를 꺼냈다.

서류에는 한 명의 사람에 대한 인적사항이 기입되어 있었는데, 루슬릭은 그것을 받아 들었다.

찬찬히 읽어 내려가던 루슬릭의 표정이 돌처럼 굳었다. 글을 읽어 내려가는 그의 눈동자가 점점 빨라졌다.

"이게… 뭐냐?"

"적혀 있는 그대로입니다."

파삭―

서류 종이가 구겨졌다.

콰드드득―

루슬릭의 발밑 바닥이 쩍쩍 갈라졌다. 동부 지부 건물이 흔들릴 정도로 강한 압력이 방 안에 감돌았다.

숨이 턱 막힐 정도의 기세에 아칸과 알비스는 아무런 말도, 행동도 할 수 없었다. 특히 두뇌파인 알비스는 그 압력을 견디지 못하고 그대로 혼절했다.

하지만 루나와 파이온은 비교적 멀쩡한 듯, 루슬릭의 어깨를 잡아오며 물었다.

"무슨 일이야?"

뿌득—

"이거 봐."

다 구겨진 종이를 건네며 루슬릭이 근처의 소파에 쓰러지듯 앉았다.

이 정도로 루슬릭이 화를 내는 모습은 오랜만에 보았기에 루나와 파이온은 서둘러서 서류의 내용을 확인했다.

"……쓰벌."

루나의 고운 입술을 비집고 상스러운 욕설이 터져 나왔다.

하지만 욕을 하지 않을 수가 없는 상황이었다.

"빙신 새끼. 괜히 나대다가 뒤지긴……."

제1로열 나이트 용병단의 라우엠.

루슬릭과 무척 가깝게 지내던 단원으로, 그는 용병단이 와해된 후 렝의 밑으로 들어가지 않고 개별적으로 용병단을 꾸렸다.

그렇게 만들어진 용병단은 평소 그를 따르던 용병들과 함께 총 50명으로 구성된 작은 용병단이었는데, 얼마 전 라우엠이 정체 모를 괴한의 습격을 받고 죽었다는 내용이었다.

서류에는 괴한이라고 적혀있지만 정체는 뻔했다.

과거 라우엠의 동료이자 루슬릭의 수하이기도 했던 제1로열 나이트 용병의 단원들.

렝의 밑으로 들어간, 배신자들의 손에 의해 제거된 것이다.

조금만 생각해 보면 파이온 역시 루슬릭과 함께 있지 않았다면 라우엠과 같은 처지가 되었을지도 모른다.

"렝―!"

쾅―!

쩌저적―

집무실 바닥이 더욱 심하게 갈려졌다.

아칸의 눈에 더 이상 루슬릭은 인간으로 보이지 않았다. 어찌 인간이 발을 한 번 굴리는 것만으로 땅을 가를 수가 있단 말인가?

한참을 씩씩거리던 루슬릭이 루나와 파이온의 앞으로 다가갔다.

"……어쩔 셈이야, 서방?"

"용병왕국으로 간다."

그럴 줄 알았다는 듯 루나와 파이온은 한숨을 쉬었다.

일이 벌어지기 전이라면 모를까, 일이 벌어진 이상 가만 두고 볼 루슬릭이 아니었다. 특히 아끼던 단원이 죽은 이상, 루슬릭은 어떻게 해서든 렝과 결판을 낼 것이다.

하지만 이렇게까지 흥분한 루슬릭을 그냥 내버려 둘 수만은 없었다. 루나와 파이온 역시 귀가 있고 아는 바가 없지만은 않았다.

"지금 렝과 싸우러 가는 거라면 그만둬."

"라우엠이 죽었어, 루나."

"그래서 하는 말이야. 지금 필요 이상으로 흥분해 있다는 거 모르겠어?"

이럴 때 루슬릭을 말리는 역할은 언제나 루나였다. 가장 오랫동안 루슬릭의 곁에서 그를 지켜본 그녀였기에, 이렇게 앞으로 나설 수 있었다.

머리끝까지 열이 올랐던 루슬릭은 차분한 루나의 표정을 보자 조금 침착해질 수 있었다. 숨이 막힐 듯 매서웠던 그의 주변이 조금 가라앉았다.

하지만 그의 선택이 변하지는 않았다.

"달리 방법이 없어. 적어도 그놈들이 나 때문에 뒤지는 일은 없어야지."

"정말 다른 방법은 없는 거야?"

"없어."

루슬릭은 바보가 아니다.

아니, 오히려 천재에 가깝다. 그는 여태껏 수백 건의 의뢰를 맡았고, 불가능하다고 생각되었던 모든 임무를 완벽하게 수행해 왔다.

그리고 그 과정에서는 늘 루슬릭의 활약이 있었다. 단순히 육체적인 강함 외에도 그에게는 판을 읽고 판을 뒤집어내는 능력과 동물보다 더 동물 같은 직감이 있었다.

그런 루슬릭이 용병왕국으로 가는 길 외에는 방법이 없다면 정말로 없는 것이었다. 그리고 루나와 파이온 역시 사실 같은 생각이긴 했다.

"렝, 그 새끼가 원하는 목은 사실 내 목이니까."

"그건 그렇지만……."

"적어도 내 목이 눈앞에 있으면, 다른 놈들은 안 건드리겠지."

아직까지도 루슬릭은 제대로 된 판단을 내리지 못하고 있었다.

완전히 틀린 말은 아니었다. 그의 말대로 렝이 원하는 것은 루슬릭의 목이지 다른 단원들이 아니었다. 렝이 다른 단원들을 죽이는 이유는 혹여 루나나 파이온처럼 루슬릭의 편이 될 위험이 있기 때문이었다.

만약 루슬릭이 그가 언제든지 힘을 쓸 수 있는 용병왕국 안에 있다면 렝의 행동은 멈출지도 모른다.

'어쩌면' 말이다.

그럴 가능성이 있을 뿐, 렝이 단원들을 죽이는 일을 멈춘다는 보장은 어디에도 없었다. '아마도' 그럴 것이라고 생각할 뿐.

그 확률 싸움에 목숨을 걸고 뛰어드는 것은 이미 루슬릭이 감정에 많이 치우쳐 있다는 뜻이었다.

"······꼭 그래야겠어?"

"다른 방법이 있다면 꺼내봐. 적극 수용하지."

뾰족한 방법이 있을 리 없다.

가장 좋은 방법은 렝보다 먼저 다른 단원들을 찾아내는 것인데, 그 방법은 불가능에 가까웠다.

용병왕국의 거대한 정보력을 움직일 수 있는 렝을 고작해야 동부 조합장인 아칸이 이길 수 있을 리가 없으니 말이다.

"싸울 생각은 없어. 내 머리가 돌이냐? 일대일 맞짱이면 모를까, 그 새끼가 나랑 정정당당히 싸워주는 건 말도 안 되지."

"그럼?"

"일단··· 최대한 다른 놈들 못 건들도록 해야지. 안 되면, 빌어서라도."

자존심보다는 단원들의 목숨이 우선이다. 그를 익히 아는 루나와 파이온은 루슬릭이 충분히 그럴 수 있으리라 생각했다.

"용병왕국으로 간다."

*   *   *

대륙의 동부와 북부.

안톤 제국과 카르만 왕국, 다이하드 왕국으로 이루어져 있는 이곳은 대륙 유일의 전쟁 지역이었다.

비록 지금은 휴전 상태에 들어서 십여 넌째 제대로 된 싸움이 일어나지 않았지만 언제 다시 전쟁이 터져도 이상하지 않은 곳이었다.

카르만 왕국은 안톤 제국과의 전쟁을 위해 다이하드 왕국과 손을 잡았고, 다이하드 왕국은 안톤 제국의 다음 목표가 자신들이 될 것임을 알기에 흔쾌히 그 동맹을 받아들였다.

두 개의 왕국이 손을 합치자 안톤 제국도 쉽사리 움직일 수 없게 되었고, 결국 애매한 대립 구도에서 전쟁이 끝나지 않은 것이다.

대륙 유일의 제국, 안톤 제국.

대륙의 북부 땅 전역을 차지하고 있고, 기사들의 땅이라 불릴 정도로 뛰어난 기사들이 많으며 대륙에서 유일하게 마탑이 세워져 있는, 그야말로 독보적인 나라였다.

이런 안톤 제국을 견제하기 위해 다른 왕국들이 암암리에 묘한 동맹을 맺고 있을 정도이니 그 위세가 어느 정도인지 짐작할 수 있었다.

수십 년 전 일으킨 대륙 전쟁, 그 시작이 바로 안톤 제국이었다.

하지만 언제 터질지 모르는 폭탄과도 같은 이 안톤 제국은 의외로 십 년이 지난 지금까지도 잠잠했다.

겉으로 보기에는 말이다.

"폐하를 뵙기를 청하는 손님이 있사옵니다."

웅장하다 못해 숨이 막힐 정도로 거대한 대전 안.

수천의 사람이 들어와도 다 채울 수 없는 거대한 대전에는 오롯이 네 사람뿐이었다.

바로 대륙의 정점에 서 있다 말할 수 있는 안톤 황제와 그의 호위 기사들, 그리고 안톤 황제의 신하인 빈센트 백작이었다.

"손님이라… 오래간만에 들어보는 단어로군."

흰머리와 검은 머리가 섞인 회색 장발의 남자.

그가 바로 안톤 황제였다.

그는 모처럼 무료한 표정을 풀었다. 재미있는 장난감, 혹은 재미있는 일을 발견했다는 듯 그의 얼굴에 흥미가 번졌다.

"빈센트 백작, 그대가 손님이라 말하는 것을 보면 타국의 인물인 모양이지?"

"그렇습니다. 그는 용병왕국의 전갈을 가지고 온 인물입니다."

코가 바닥에 닿을 정도로 고개를 조아리며 빈센트 백작이 큰 소리로 대답했다.

안톤 황제의 성정은 두려울 정도로 포악하고 냉정하여 조금의 빈틈만으로도 내칠 수 있는 인물이었다. 그런 그에게 조금이라도 밉보이고 싶지 않은 마음에 빈센트 백작은 필요 이상의 예를 취했다.

하지만 정작 안톤 황제는 빈센트 백작은 안중에도 없다는 듯 전혀 다른 곳에 흥미를 두었다.

"재밌군. 왕국 놈들이 동맹을 한 뒤 타국의 손님은 없었는데 말이야. 용병왕국이라… 하긴, 그놈들은 다른 놈들과는 달리 중립적인 입장이지."

현 대륙에는 총 여섯 개의 왕국과 하나의 제국이 설립되어 있다.

그중 안톤 제국을 견제하기 위해 총 다섯 개국의 왕국이 동맹을 맺었다. 하지만 오직 용병왕국만큼은 안톤 제국도, 왕국연맹도 아닌 중립적인 입장을 취했다.

중립적인 입장의 용병왕국인 만큼 그들이 안톤 제국에 손님으로 온다는 것은 그리 이상한 일은 아니었다.

하지만 안톤 황제에게 직접 볼일이 있다는 것은 분명 무언가 중요한 일이 있다는 뜻이기도 했다.

"데리고 와라. 무슨 일인지 궁금하니."

안톤 황제의 말은 큰 울림이 되어 대전 밖까지 전해졌다.

빈센트 백작은 조심스럽게 자리에서 일어나 뒷걸음질로 대전을 빠져나갔다.

잠시 후, 빈센트 백작이 대전의 문을 열고 나가는 것과 동시에 대전 안으로 일단의 무리가 들어왔다.

한 무리의 기사들과 한 명의 용병이었다. 빈센트 백작이 '손님'이라고 칭한 사람은 역시 기사들의 중심에서 걸어오고 있는 용병이었다.

저벅―

용병은 기사들의 포위와 웅장한 대전에도 압도되지 않고 여유로웠다. 옥좌에 앉아 그런 용병을 바라보는 안톤 황제의 눈에 진한 호기심이 번졌다.

"용병 치고 꽤 괜찮은 놈이군."

이윽고 안톤 황제와 오십 걸음 정도 떨어진 곳에서 기사들과 용병이 멈췄다.

"용병왕국에서 왔다고?"

고개와 함께 손을 아래로 내리며 용병이 대답했다.

"안톤 제국의 지배자를 뵙게 되어 영광입니다. 용병왕을 모시는 다섯 용병 중 하나, 제2로열 나이트 용병 렝이라고 합니다."

선한 인상의 중년인.

렝의 얼굴은 투박한 용병과 썩 어울리지 않았다. 입은 복장

자체는 용병에 가까웠으나, 상판만 놓고 보자면 귀족에 가까웠다.

유일하게 용병다운 점이라면 왼쪽 눈에 있는 큰 흉터였는데, 아무래도 보이지 않는 듯 동공에 초점이 없었다.

전체적으로 싸움보다는 정치를 하는 상이었다.

"로열 나이트 용병이라……. 들어본 적 있지. 귀족으로 치면, 공작이나 후작 정도 되는 놈들이라고. 별 볼 일 없는 놈이 왔으면 바로 목을 쳐버리려고 했는데, 그래도 꽤 높으신 분이었군."

손님을 대하기에 무례하다 못해 비아냥거림까지 섞인 말이었다. 하지만 그럼에도 렝은 전혀 기분 나쁜 티를 내지 않았다.

그것은 제국을 지배하는 거인의 자신감이자 권리였다. 그는 상대가 누가되었건 무시할 수 있는 자격이 되는 인물이었다.

"칭찬으로 받아들이겠습니다."

"기분 나빠 하지 말라고. 내 딴에는 꽤 후한 칭찬이니. 그래, 그 높으신 분께서 이곳까지 어떻게 행차하셨지? 무슨 용건으로?"

안톤 황제는 궁금했다.

용병왕국에서 무슨 꿍꿍이로 자신을 찾은 것인지.

로열 나이트씩이나 되는 용병을 보냈다면 보통 일은 아닐 것이다. 타국에서 이 정도 거물이 찾아온 적은 근 십 년 내로 처음 있는 일이었다.

"안톤 황제시여. 저는 용병왕의 전갈을 가지고 왔습니다."

"용병왕이라……."

안톤 황제의 눈이 깊어졌다.

렝의 입에서 꺼내어진 인물은 이 시대를 살아가는 이라면 누구나가 알고 있는 사람이었다.

용병들의 시대를 연 거물.

그는 일개 용병으로 시작해 국가 간 전쟁의 승자와 패자를 바꾸었으며, 왕국을 설립하고 세상을 바꾸었다. 그리고 스스로가 왕이 되었다.

왕가의 핏줄로 태어났다면 어쩌면 대륙을 일통했을지도 모른다고 평가받는 인물인 것이다.

안톤 황제는 아주 오래전부터 용병왕을 한 번쯤은 만나보고 싶어 했다. 하지만 제국의 황제가 되어 먼저 손을 내미는 것이 마음에 들지 않았다.

기다리고 기다린 끝에, 드디어 용병왕이 먼저 그에게로 손을 내민 것이다.

"흥미가 생기는군. 계속 이야기해 보라."

"폐하, 용병왕께서는 먼저 이 말씀을 묻고 싶어 하십니다."

"무엇이냐?"

"대륙의 패권을 쥐어보실 생각이 없으십니까?"

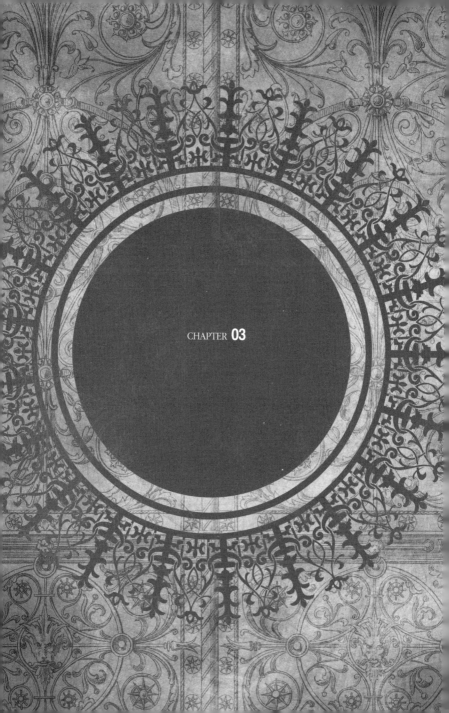

CHAPTER **03**

용병왕국은 대륙의 중앙에 위치해 있었다. 지리로만 보자면 제라스 왕국과 그리 떨어져 있지 않았다.

용병왕국은 다른 왕국에 비해 그리 크지 않은 땅으로 이루어진 국가였다. 사실 땅덩이 크기로만 보자면 '왕국'이라는 말을 붙이기도 민망할 정도로 작았다.

과거 수십 개의 왕국과 공국으로 분열되어 있던 난세 때, 일개 영지를 왕국이라 칭했던 것처럼 '도시 국가'의 개념을 하고 있는 곳이 바로 용병왕국이었다.

용병왕국의 땅덩이는 어지간한 대영지 수준이었다.

또한 용병왕국에 살고 있는 국민의 수는 이십 만 내외 정도였다.

땅으로 보나, 살고 있는 사람의 수로 보나 적어도 너무 적었다.

하지만 그 어느 누구도 용병왕국을 무시하지 못했다. 그곳의 지배자가 그 유명한 용병왕이기도 하거니와 용병왕국에 사는 국민들 중 태반이 용병이었기 때문이다.

남녀 불문하고 그곳의 국민들은 모두가 뛰어난 전사이기도 했다.

처음 용병왕이 작은 땅과 적은 수의 사람들로 왕국을 명명했을 때, 주변 왕국들은 모두 코웃음을 쳤다.

하지만 인정할 수밖에 없는 이유가 있었다. 괘씸하다고 공격하기에 그들의 군사력은 어느 왕국 못지않았다. 게다가 전쟁에서 승리한다 하더라도 차지할 수 있는 땅은 영지 하나 수준뿐이었다.

결국 주변 왕국들은 그들을 인정할 수밖에 없었다. 용병왕국은 자국민이기도 한 용병들을 동원해 주변 왕국을 상대로 수많은 의뢰를 받았고, 그 의뢰를 통해 벌어들이는 돈으로 왕국을 운영했다.

제라스 왕국의 동부에서 북부, 그리고 그와 인접해 있는 페릴 왕국의 서부를 지나면 용병왕국에 도착할 수 있었다.

루슬릭은 세 필의 말을 구해 빠른 속도로 용병왕국에 도착했다. 그렇게 걸린 시간은 불과 열흘도 되지 않았다.

용병왕국에 들어가는 통행증은 별다른 조건이 없다면 용병패 하나만으로도 충분했다.

"S급 용병 셋. 확인 끝났소."

루슬릭과 루나, 파이온은 각각 가지고 있던 S급 용병패를 이용해 검문을 통과했다.

S급 용병이라면 어느 왕국에서도 많아야 서른, 적으면 열 명 정도밖에 없는 희귀한 인재였지만 용병왕국에서는 지나가다 보면 만날 수 있는 흔한 인력이었다.

물론 S급 용병이 세 명씩이나 뭉쳐 다니는 것은 용병왕국에서도 흔한 일은 아니었다. 하지만 오랫동안 검문을 해왔던 문지기는 S급 용병 세 명이 아니라 더 많은 수가 뭉쳐 다니는 것도 보았었다.

"오랜만이네. 온통 땀 냄새 나는 용병들."

"너도 용병이거든?"

"어머, 난 여자잖아?"

호호 웃는 루나를 향해 용병들의 시선이 주목되었다.

얼굴은 후드를 눌러써 가리고 있다지만 그녀의 목소리는 그야말로 듣는 사람으로 하여금 누구나가 빠져들 만큼 매력 있었기 때문이다.

그렇게 지나가는 사람들의 발걸음을 잠시 멈춰 세운 그들은 이내 왕국의 중심으로 걸음을 옮겼다.

"정말 어쩔 셈이야? 렝에게 내가 여기 있으니 날 죽여라, 하고 광고라도 하려고?"

"비슷하지."

"서방, 머리가 돌이야?"

루슬릭의 이마를 손으로 짚으며 루나가 진심으로 걱정스레 물었다.

"뒤질래?"

"여자에게 그렇게 상스럽게 욕하면 인기 없어."

"……난 독신주의자거든?"

길에서 투탁거리는 두 사람을 보며 파이온이 몰래 한숨을 내쉬었다. 저 두 사람은 비슷한 주제로 항상 싸우곤 했지만, 도저히 끝나질 않는 논쟁이었다.

그때, 주위를 두리번거리던 파이온의 눈에 한 사람이 들어왔다.

"……응?"

먼 길을 달려오느라 피곤함에 젖어 있던 그의 눈이 번쩍 뜨였다.

그가 발견한 사람의 얼굴이 무척 낯이 익었기 때문이었다.

"저기, 단장?"

슬슬 언성을 높이며 다투던 루슬릭을 파이온이 손가락으로 콕콕 두드렸다.

"왜?"

"저 녀석… 카사크 아닙니까?"

"카사크?"

깜짝 놀란 루슬릭이 파이온이 손가락으로 가리킨 사람을 바라봤다.

길거리에 붙어 있는 의뢰 전단지를 확인 중인 그는 어디에서나 볼 수 있는 평범한 용병 복장을 하고 있었지만 그 얼굴만큼은 무척 낯이 익었다.

흔히 볼 수 없는 검은색 머리와 검은 눈, 게다가 피부까지 까만, 흔히 보기 힘든 피부색과 머리색의 남자.

그는 분명 루슬릭이 기억하는 로열 나이트 용병단의 단원, 카사크였다.

"진짜네?"

그리 멀지 않은 곳에 그토록 찾던 사람이 있었다.

루슬릭은 곧장 카사크를 향해 다가갔다. 그는 아직까지도 전단지 앞에서 기웃거리며 의뢰를 찾고 있었다.

막 그가 전단지 한 장을 선택해 들여다보던 때였다.

"너 요새 이런 싸구려 의뢰나 하고 다니냐?"

후드를 눌러쓴 루슬릭이 카사크의 뒤에서 불쑥 고개를 내밀었다.

싸구려 의뢰라는 말에 카사크가 눈살을 찌푸리며 뒤를 돌아봤다. 후두를 눌러쓴 세 사람이 서 있자, 카사는 그들이 미심쩍은지 경계하며 물었다.

"뭐냐?"

"내 목소리 벌써 잊어버렸냐?"

가장 먼저 루슬릭이 후드를 벗었다.

그리고 연이어 루나와 파이온이 후드를 벗었다. 루슬릭은 물론이고, 아름다운 외모의 루나나 파이온 역시 절대 잊을 수 없는 얼굴들이었다.

잠시 찌푸려졌던 그의 표정이 더 없는 반가움으로 바뀌었다.

"단장─!"

"못 알아보면 어쩌나 했다."

"못 알아볼 리가……."

손가락을 입으로 가져가며 루슬릭이 목소리를 낮췄다.

"닥쳐봐. 그러다 쥐도 새도 모르게 뒤진다."

"갑자기 그게 무슨 소리요?"

덩달아 목소리를 낮추며 카사크가 물었다.

잠시 주위를 둘러보던 루슬릭이 손짓했다.

"일단 너희 집으로 좀 가자."

　　　　*　　　　*　　　　*

　카사크가 머물고 있는 집은 용병왕국 번화가에 위치한 단
칸방이었다.

　혼자 사니 그리 넓은 집은 필요하지 않았고, 의뢰가 들어오
는 대로 바로바로 확인할 수 있는 번화가 쪽이 용병인 카사크
에게는 가장 좋은 지리적 조건이었다.

　모아 놓은 돈이 꽤 있다 보니 이런 좋은 장소에 집을 구할
수 있었던 것이다.

　쓰레기와 음식물이 널려 있어 개판인 집을 헤집고 앉을 자
리를 찾은 루슬릭에게 카사크가 급히 마실 거리를 내왔다.

　"무슨 일이요, 단장?"

　"……너 정말 안 뒈지고 살아 있는 게 용하다."

　"갑자기 뜬금없이 무슨 소리요?"

　뒈지느니 뭐니 하는 소리 때문에 목이 탔는지 카사크는 단
숨에 물을 들이켰다.

　쓰레기 더미 사이의 협소한 자리에서 루슬릭이 몸을 뉘었
다.

　"렝이 널 찾고 있어."

　"렝? 그 새끼가 날 찾을 이유가 있소? 분명 그놈 밑으로는

안 들어가겠다고, 확실히 못을 박았는데."

"그래서야. 제 밑으로 안 들어오니, 죽여 버리겠다는 거지."

단도직입적인 설명에 카사크의 검은 눈동자가 희번덕거리며 빛났다.

"설마… 벌써 뒤진 놈도 있소?"

"라우엠이 죽었어. 그리고 파이온, 이 녀석도 죽을 뻔했고. 나랑 같이 안 있었으면 아마 지금쯤 여기 없을걸?"

"……그걸 그렇게 자랑스러운 표정으로 말하셔야 합니까?"

구석자리에 웅크리고 앉아 있던 파이온이 퉁명스레 물었다. 분명 고마운 일이긴 하지만 저렇게 뿌듯하게 말하니 왠지 얄미웠다.

장난스러운 말투와는 달리 카사크는 심각했다. 벌써 한 명이 죽고, 한 명은 죽을 뻔했다. 카사크 본인이라고 해서 같은 상황이 되리라 생각하지 않을 수는 없었다.

"선택해. 렝의 밑으로 들어가 편히 살지, 나랑 같이 똥밭에서 구를지."

머리를 양손으로 받쳐 누우며 루슬릭이 가볍게 말했다.

하지만 그 내용만은 그리 가볍지 않았다.

"단장!"

"······그게 무슨 소리야, 미친놈아!"

파이온과 루나가 기겁해서 소리쳤다.

대충 예상은 했는지 카사크는 덤덤했다.

아니, 루슬릭을 아는 사람이라면 누구나 그럴 수 있다고 생각할 것이다. 그는 자신 때문에 주위 사람들이 죽거나 다치는 것을 원하지 않았으니까.

아마 렝이라면 지금이라도 자신의 밑으로 들어오겠다고 한다면 받아줄 것이다. 그는 이해득실을 확실하게 따지는 인물이니까.

하지만 그렇다고 해서 루슬릭의 입에서 먼저 렝의 밑으로 들어가라는 말이 나온다는 건 그를 믿고 따랐던 루나나 파이온으로서는 가만히 듣고 넘기기 힘든 말이었다.

"짱구를 잘 굴려봐. 내 밑으로 들어와서 좋은 게 뭐고, 렝의 밑으로 들어가서 좋은 게 뭔지. 내가 뭘 해줄 수 있는데?"

"······."

"카사크, 난 지금 렝을 만나러 갈 거다. 어쩔래? 그놈 밑으로 들어갈 건지 내 밑으로 들어올 건지 정해. 어떤 선택이든 원망 안 하마."

지금까지 카사크가 죽지 않고 살아남을 수 있었던 이유는 아마도 용병왕국 안에 있었기 때문일 것이다.

용병왕국에는 수많은 용병이 존재한다. 당장 밖으로 나가

거리를 둘러보더라도 눈에 보이는 거의 모든 사람이 용병이다.

각양각색의 용병들이 모여 있는 이곳. 게다가 용병왕국 안에서 용병을 공격한다는 행동 자체가 렝에게는 부담이었다.

"무슨 대답을 원하는 거요?"

"돌려 말하지 말고 대답이나 해. 나냐, 렝이냐. 취향대로 골라잡아. 난 개인적으로 렝에게 붙는 걸 추천하고 싶군. 루나, 파이온. 너들도 마찬가지고."

"대답할 가치도 없소. 단장, 그렇게 약한 사람이었소?"

다소 날카로운 말이었다. 루슬릭의 기분이 다소 언짢아졌다.

표정이 썩 좋지 않게 변하는 것을 보았음에도 카사크는 거침이 없었다.

"무엇이 무서워서 그렇게 잔뜩 겁을 집어 먹은 거요?"

루슬릭의 눈썹이 기역자로 꺾였다.

"무서워? 내가?"

"그래. 단장은 뭔가 무서워하고 있소. 우리가 죽는 것? 아님 자신이 죽는 것? 아님, 용병을 그만둔 이 상황을? 대체 무서운 게 뭐요?"

"너 이 새끼, 주둥이 안 닥칠래?"

자리에서 벌떡 일어나며 루슬릭이 언성을 높였다. 평소라면 조금 주눅이 들 법도 하지만, 카사크는 물러날 생각이 없었다.

"싫소. 설마 단장이 날 죽이기야 하겠소? 난, 그리고 저기 두 놈은 죽어도 단장을 배신하지 않소. 우린 죽어도 함께 죽는 거요. 아마 라우엠도 같은 생각이었을 거요."

카사크가 루나와 파이온을 가리켰다.

뒤이어 그의 입에서 라우엠의 이름이 나오자, 루슬릭은 표정을 식히며 입술을 깨물었다.

하지만 그의 말은 구구절절 옳았다.

스스로가 생각하기에도 무엇인가 두려워하고 있었다는 사실을 부인할 수 없었던 것이다. 부쩍 여유가 사라진 요즘이었다. 그리고 그 원인은 바로 자신으로 인해 아끼던 사람이 잘못될 수도 있다는 상황이었다.

그 사실을 모를 리 없는 카사크고, 루나고, 파이온이다. 이미 한가족처럼 서로에 대해 꿰뚫고 있는 그들이다.

"따라가다 뒤져도 상관없으니, 난 단장을 따라가겠소."

"동감."

"동감입니다."

앵무새마냥 따라하는 루나와 파이온을 돌아보며 루슬릭이 한숨을 푹 내쉬었다.

그의 얼굴에는 어느새 미소가 피어 있었다.

"그래, 열심히 따라와라. 병신들."

*   *   *

용병왕국은 작은 규모의 도시로 이루어진 만큼 수도가 따로 정해져 있지 않았다.

거리거리가 전부 용병들의 일터였고, 왕궁은 선택받은 용병들이 들어간 수 있는 성지였다.

용병왕국에는 총 오만의 용병이 소속되어 있었다.

그중 용병왕 직속의 로열 나이트 용병단이 총 이만오천이었고, 따로 용병왕국에 속해 있는 용병단이 백여 개 정도로 이만오천이었다.

그들은 용병왕국의 보호와 인정을 받으면서 몸값을 올렸고, 동시에 용병왕국에 큰일이 있을 경우 도와야 할 의무가 있었다.

어지간한 정규군 이상의 오만 용병.

이런 저력을 가진 용병왕국의 왕궁은 생각보다 그리 크지 않았다.

"여기가 왕궁인 줄은, 아마 안 와본 놈들은 생각도 못 할 거야."

물론 초라하지는 않았다.

눈이 부실 만큼 아름답게 가꾸어진 정원과 건물의 웅장함은 탄성이 터져 나올 만했다.

하지만 따지고 들어가자면 어지간한 공작성 수준의 규모일 뿐, 한 나라의 기둥이자 얼굴이어야 할 왕궁이라고 보기엔 부족했다.

왕궁이라고 하면 어지간한 영지보다 넓어야 할 것이라는 일반인들의 고정관념을 깨는 곳이었다.

게다가 특이점은 단순히 규모가 작다는 게 끝이 아니었다.

왕궁에 들어갈 수 있는 조건은 용병패와 확실한 신원, 이 두 가지면 끝이었다.

용병왕국의 국민으로 인정을 받은 A급 이상의 용병.

이것이 왕궁에 들어올 수 있는 조건이었다.

"……줄 한번 길군."

수십 명씩 줄지어 있는 왕궁의 검문을 보며 루슬릭이 혀를 찼다.

조건 자체는 어렵지 않지만 왕궁으로 들어가는 검문은 상당히 까다롭게 이루어졌다. 특히 신분의 위조가 쉬운 용병의 특성상 왕궁의 검문은 무척 정교했다.

때문에 검문에 걸리는 시간이 꽤나 길었다. 아마 이 줄을 다 기다리려면 반나절은 족히 걸리리라.

"앞질러 갈까?"

"그러다 싸움 납니다."

"그럼 싸우지, 뭐."

파이온의 만류에도 불구하고 루슬릭은 줄에서 빠져나와 앞으로 향했다.

처음에는 그냥 두고 보던 용병들이 대놓고 검문소 앞으로 걸어가는 루슬릭을 향해 따지기 시작했다.

"쓰벌, 너 뭐 하는 새끼야?"

"줄 제대로 안 서? 뒤지고 잡냐?"

거친 욕설에도 불구하고 루슬릭은 그들을 한 번 힐끔 보고는 그냥 지나쳤다.

그저 품속에서 주섬주섬 S급 용병패를 꺼내며 문지기에게 내밀었다.

하지만 이 자리에 모인 용병들은 최소가 A급 용병이었고 S급 용병도 더러 있었다. 당연히 그깟 S급 용병패 하나에 문지기의 반응이 달라질 리 없었다.

"제대로 절차를 거치시오. 그렇지 않으면 소란을 일으킨 죄로 벌을 받게 될 것이오."

"좀 빨리 안 되나? 저기 있는 떨거지들보다 좀 많이 급하거든."

"떠, 떨거지?"

마침 가장 앞에서 다음 차례를 기다리고 있던 용병이 얼굴을 벌겋게 붉히며 나섰다.

"어린놈의 새끼가 운 좋게 용병패 하나 얻었다고 기고만장하는구나."

"나 마흔 살인데. 그쪽은?"

"서른아홉……."

"얼굴 썩은 게 자랑이다, 븅신아."

쯧쯧 혀를 차며 루슬릭이 한심하다는 듯 말했다.

그렇지 않아도 나이 들어 보이는 자신의 얼굴에 평소 회의감이 있었던 그는 열이 오를 대로 올랐다.

"뭘 믿고 그렇게 나대지? 네놈이 오늘 죽을 날인가 보구나!"

용병은 순식간에 검을 뽑으며 거리를 좁혀 왔다.

순간적인 기지나 발검으로 보아, 얼마 전 만났던 발터스와 비슷한 수준의 실력자였다.

그 역시도 날고 긴다 하는 S급 용병이었던 것이다.

빠악―!

혜성처럼 날아온 용병이 혜성처럼 날아갔다. 주먹 한 대에 처음 왔던 자리로 다시 날아가는 그를 뒤쪽에 있던 용병이 받아들었다.

"싸우기 전부터 흥분하지 마라. 그 성격으로 어떻게 아직까지 살아남았지?"

"……."

대답은 없었다. 주먹질 한 방에 그대로 기절한 것이다.

루슬릭이 순식간에 용병을 제압하자 줄지어 있던 용병들은 깜짝 놀랐다.

그는 이 근방에서 나름대로 이름이 알려진 S급 용병이었다. 실력이 손에 꼽을 정도는 아니었지만, 그렇다고 이렇게 무시받을 실력도 아니었다.

알 만한 사람은 안다. 그가 결코 이렇게 허무하게 당할 실력자가 아니라는 것을.

그런데 그런 용병을 주먹질 한 방에 제압한 루슬릭의 실력은 도대체 어느 정도란 말인가?

용병들의 세계는 곧 강자존이다.

강자가 약자를 핍박하고, 약자는 입을 다물어야 하는.

루슬릭은 단 한 명을 압도적으로 제압함으로써 다른 용병들의 불만을 잠재웠다.

"……누구십니까?"

문지기의 태도 역시 아까와는 달리 공손해졌다.

루슬릭이 단순히 그저 그런 S급 용병이 아님을 알았기 때문이었다.

문지기 역시 방금 전의 용병이 누구인지 알고 있었다. 왕궁에도 몇 번씩 들락거렸고, 언젠가 한 번 함께 의뢰를 맡았던 경험도 있었다.

문지기 본인도 S급 용병이었다. 같은 S급 용병들 사이에서도 실력이 나뉜다는 것 정도는 알지만 이 정도로 압도적인 차이는 처음 보았다.

"용병패나 자세히 봐라."

다시금 용병패를 받아든 문지기는 면면을 찬찬히 뜯어봤다.

시큰둥하게 넘어갔을 때와는 달리, 그는 금방 확인할 수 있었다.

용병패 안쪽에 새겨진 용병왕국의 문양.

그것이 의미하는 바가 무엇인지는 그간 숱하게 명심하고 또 명심해 왔었다.

"로, 로열 나이트 용병단?"

"왜 놀라냐?"

"우리가 언제 이런 데서 검문을 받은 적이나 있습니까? 저 녀석도 처음 보는 거겠죠."

루나와 파이온, 카사크가 뒤이어 용병패를 내밀었다.

세 사람 모두 겉으로 보기엔 평범한 S급 용병패였다. 하지만 그들이 내민 용병패에는 역시나 같은 문양이 새겨져 있었다.

그들이 가지고 있는 용병패는 로열 나이트 용병단 중에서 간부 단원급 이상에게만 지급되는 패였다.

적어도 용병왕국 내에서는 용병왕과 로열 나이트 용병을 제외하고는 그 패를 지닌 사람보다 높은 사람은 존재하지 않았다.

"모, 몰라 뵈었습니다. 죄송합니다."

"마빡에 내가 누군지 써놓은 것도 아니고, 모를 수도 있지. 그보다 찾고 있는 사람이 있는데 안내 좀 해줄 수 있냐?"

"물론입니다."

"고맙다. 렝이라고, 빌어먹을 개새끼가 있는데 말이야. 혹시 아나 몰라?"

'렝' 이라는 이름이 루슬릭의 입 밖으로 나오자 몇몇 용병이 술렁였다.

용병왕국에서 오래 산 사람 중 그의 이름을 모르는 사람은 그리 많지 않았다. 루슬릭과는 달리 렝은 용병왕국의 정치적인 부분부터 대외적인 활동까지 두루두루 움직였다.

더군다나 렝은 현재 용병왕국에서 가장 크게 떠오르는 인물이었다. 나이가 든 용병왕을 대신해 차기 용병왕이 될지도 모른다고까지 이야기가 떠돌 정도였다.

그런 렝에게 막말을 내뱉는 루슬릭에게 문지기는 어떻게 해야 할지 갈피를 잡지 못했다.

"설마 모르냐?"

"모, 모르는 건 아닙니다만……."

로열 나이트 용병단의 간부 단원 이상인 루슬릭은 아무리 그가 S급 용병이라고 해도 함부로 대하기 어려운 인물이었다.

하지만 그렇다고 루슬릭이 렝에게 막말하는 걸 그냥 두고 볼 수만은 없었다.

"저기, 모르시나 본데 렝님은 제2로열 나이트 용병단의……."

"그만. 됐다."

그때, 문지기의 어깨를 뒤로 잡아끌며 한 용병이 앞으로 나섰다.

그의 얼굴을 확인한 루슬릭의 입가에 슬며시 실소가 흘렀다.

"이거, 반가워서 어쩌나?"

"반갑긴 하군. 루슬릭."

"반말이냐?"

"그럼, 존대를 바라나? 예전이면 모를까, 지금은 알다시피 적인데 말이지."

어지간한 성인 남성보다 머리 한 개 반은 더 큰 키에 두 배는 넓은 어깨.

흡사 동화 속에나 나오는 거인을 연상케 하는 그는 바로 얼마 전까지만 해도 루슬릭의 동료이자 수하 단원이었던 토르였다.

"많이 컸다, 토르?"

"몰랐나? 원래 내가 너보다 컸지."

"실력도 그만큼 컸나, 어디 볼까?"

뻐억ㅡ!

굳세게 말아 쥔 루슬릭의 주먹이 토르의 복부에 박혔다.

빠르게 반응한 토르는 양손을 교차해 손으로 복부를 보호했다. 하지만 어찌나 힘이 강한지 그 거구가 뒤로 쭉 밀려났다.

욱신거리는 손을 털어내며 토르가 고갯짓했다.

"성급한 건 여전하군. 따라와라. 안내해 줄 테니."

"닥치고. 한 판 붙어, 새꺄."

"……안 된다는 걸 알면서 들이댈 만큼 멍청하진 않아. 그리고 더 이상 소란 피워서 좋을 게 없을 텐데? 그러다 원하는 걸 이루지 못할 수 있으니."

아니나 다를까, 이미 앞서의 소란으로 인해 검문소 주위로 상당수의 용병이 모여들어 있었다.

그들은 모두 용병왕국에 소속된 용병들로, 혹시 모를 사고를 미연에 방지하고 있었다.

용병들이 두렵다거나 한 것은 아니었지만 토르의 말대로

여기서 더 소란을 일으켜 봤자 좋을 건 없었다. 어차피 이 모든 건 렝에게 자신이 돌아왔음을 알리기 위한 일종의 쇼에 불과했다.

이 정도면 적당한 성공이었다.

루슬릭은 토르의 뒤를 따라가며 말했다.

"넌 이따 보자."

∗　　∗　　∗

왕궁 안으로 들어가자 꽤 많은 수의 용병이 그들을 주목했다.

루슬릭이나 다른 단원들의 얼굴은 꽤 알려져 있는 상태였지만 후드를 쓰고 있어 크게 눈에 띄지 않았다.

오히려 눈에 띄는 사람은 토르였다. 까무잡잡한 피부에 거대한 덩치는 어딜 가나 주목받기 딱 좋은 기둥이었다.

"너랑 다니면 부끄럽다니까. 덩치만 멀대 같이 커서, 실속도 없고."

"……입 좀 다물어라."

"꼬우면 덤비든가."

계속해서 심기를 건들며 루슬이 얄밉게 굴었다.

토르는 최대한의 인내심으로 도발을 참으며 그를 안내했다.

"여긴 대전 쪽인데?"

익숙한 내부 길이 보이자 루나가 의아함을 느꼈다.

그들이 온 목적은 렝을 보기 위함이었다. 하지만 지금 토르가 안내하고 있는 길은 대전으로 향하는 길이었다.

"뭐하는 짓이냐?"

"렝을 보고 싶다고 하지 않았나?"

"그런데?"

"용병왕께서는 아직도 널 아끼시더군. 네가 돌아왔다는 소식에 곧장 렝을 소환해서 그를 설득하고 계시지."

토르의 말투는 그리 곱지 않았다. 그는 루슬릭을 싫어하는 쪽에 가까웠다.

토르는 루슬릭과 같은 연배로 아주 오래전부터 그를 일종의 라이벌로 생각해 왔었다. 하지만 두 사람의 실력 차이는 확연했고, 결국 루슬릭은 로열 나이트 용병으로, 토르는 그의 단원이 되었다.

수십 번의 도전이 있었지만 지금껏 토르가 루슬릭을 이긴 적은 한 번도 없었다.

"그 노친네, 오지랖은."

"일단 가서 용병왕과 이야기를 나눠라. 네 처분은 그분께 맡기도록 할 테니."

"지랄하네. 내 처분을 왜 그 영감에게 맡겨? 내 목숨은 내가 정해."

"……언제나 말하지만 그분을 함부로 말하지 마라. 모든 용병의 적이 되고 싶지 않거든."

단장에 대한 존경심보다는 용병왕에 대한 존경심이 더욱 강한 토르였다. 그는 늘 용병왕과 허물없이 지내는 루슬릭이 못마땅했다.

물론, 그렇다고 해서 루슬릭의 언행이 고쳐지거나 하지는 않았다. 언제나 참고하겠다고만 해놓고서는 얼렁뚱땅 넘어갔다. 루슬릭은 보통 용병들과는 달리 용병왕을 그리 존경하지 않았다.

"뭐, 적어도 오늘만큼은 그래야 할 것 같네."

용병왕은 지금 이 순간 루슬릭에게 가장 큰 아군이 될 수 있는 사람이었다.

렝이 루슬릭의 말을 들을 이유가 없었다. 얼굴을 보면 당장 죽여 버리겠다고 칼을 뽑을지도 모르는 일이었다.

하지만 아무리 그런 렝이라도 이곳 용병왕국에서는 용병왕의 말이 곧 법이었다. 용병왕이 루슬릭을 버리지 않고 끝까지 감싼다면 렝도 손을 놓을 수밖에 없는 것이다.

조금 급해진 걸음으로 대전으로 향한 루슬릭은 찝찝한 표정으로 대전의 문을 바라봤다.

"여길 다시 오게 될 줄은 몰랐는데."

스윽—

뒤따라 오던 루나와 파이온, 카사크를 토르가 제지했다.

평소 그와 특히 사이가 좋지 않았던 루나가 새하얀 이를 드러내며 으르렁거렸다.

"갑자기 뭐야?"

"너희는 여기까지다. 저 안으로 들어가는 건 루슬릭 한 명뿐이다."

"뒤질래? 누구 맘대로?"

"용병왕의 전언이다. 따라라."

"야, 등치. 너 그러다 진짜 뒤지는 수가……."

"시끄럽고. 니들은 여기 있어."

으르렁거리는 루나를 루슬릭이 잠재웠다.

어차피 셋은 같이 들어가 봐야 큰 도움이 되지 못했다. 용병왕이 원하는 사람은 오직 루슬릭 한 명뿐이었다.

루슬릭이 이렇게 나오자 루나는 물론이고 다른 두 사람 역시 찍소리 못하고 가만히 있을 수밖에 없었다. 카사크는 아무런 도움이 되지 못하는 이 상황이 마음에 들지 않는지 계속 무언가를 중얼거렸다.

"그럼, 다녀오마."

끼이익—

대전의 문이 활짝 열렸다.

＊　　　＊　　　＊

용병왕국의 왕성은 보통의 공작성과 크게 다르지 않은 규모다.

그런 왕성의 대전은 여타의 대전과 같이 웅장한 규모가 아니었다. 보통의 대전의 반쪽 정도밖에 되지 않았는데, 어차피 용병왕국은 다른 왕국들처럼 대규모로 나라의 대소사를 정하는 회의가 존재하지 않았다.

많아 봐야 로열 나이트 용병 몇 명이나 타국의 손님 몇 명뿐.

하지만 지금처럼 한두 명의 사람이 대전에서 용병왕을 알현하는 경우는 그렇게 흔한 일이 아니었다.

대전 안에는 익숙한 얼굴 두 명이 기다리고 있었다.

공손한 자세로 서 있는 렝과, 황금색으로 도금되어 있는 옥좌에 앉아 있는 늙은 용병왕이었다.

이미 용병왕의 나이는 칠순에 가까웠다. 하지만 단 하루도 검을 놓지 않은 그는 도저히 칠십이라고 믿기 어려울 만큼 정정했다.

떡 벌어진 어깨와 주름이라곤 찾아볼 수 없는 얼굴은 결코 노인으로 보이지 않았다. 희끗한 흰머리가 아니라면 삼십 대

후반, 사십 대 초반 정도로 볼 수 있을 정도였다.

세월을 빗겨가는 외모가 꼭 루슬릭만을 가리키는 이야기가 아니었다.

"오랜만입니다, 영감님."

"오래간만이구나."

용병왕은 정말로 반가운 표정이었다.

언제나 위엄과 권위로 가득한 그가 유일하게 표정을 보여주는 사람 중 하나가 바로 루슬릭이었다.

루슬릭은 대전 안쪽으로 좀 더 들어갔다. 렝은 루슬릭이 들어왔음에도 눈길조차 주지 않았다. 그런 반응이 처음이 아니기에 루슬릭은 태연히 그의 옆으로 다가가 용병왕을 바라봤다.

"얼굴 못 본 지 몇 달 되지도 않았습니다. 전에 의뢰에서 길게는 일 년 넘게 못 본 적도 있지 않았습니까?"

"그랬었지. 하지만 그때와는 다르지 않으냐. 네가 완전히 떠났다는 이야기를 듣고, 다시는 보지 못할 수도 있겠구나 생각했다."

"……전 영감님 얼굴 보고 싶은 생각이 없었는데요?"

"아쉽군. 너무 나만의 짝사랑이었나?"

"장가도 안 가신 분께서 그런 농담 하시는 거 아닙니다. 남색 취향인지 의심되잖습니까."

오래간만에 만난 두 사람은 작은 농으로 대화를 이어갔다. 그 와중에 렝은 어딘지 초점 없는 눈으로 허공을 바라보고 있었다. 마치 없는 사람 같았다.

아주 잠깐 동안 짤막한 담소를 나눈 두 사람의 대화의 맥을 먼저 끊은 사람은 용병왕이었다.

"다시 돌아올 생각은 없는 게냐?"

"없습니다."

"……일말의 여지조차 없는가 보구나."

"제자 좀 단호합니다. 그런데 듣기로는, 제가 온 이유를 알고 계신 것 같던데요?"

"그래. 그래서 렝이랑 좀 이야기를 하고 있었지."

이름이 처음 언급 되고 나서야 루슬릭은 렝에게로 시선을 돌렸다.

그는 아직까지도 어딘지 모를 허공을 응시하고 있었다.

"뭘 보냐?"

"아무것도 보지 않는다."

"뭐하냐?"

"아무것도 하지 않는다."

뜬구름 잡는 질문과 대답.

하지만 루슬릭은 렝이 아무것도 보지 않고, 아무것도 하지 않는다는 것을 이미 알고 있었다.

그리고 그가 왜 그러고 있는지 또한 알 수 있었다.

그는 인내하고 있었다. 아무것도 보지 않고, 하지 않으며 당장에 끓어오르는 화를 가라앉히는 것이다.

아마 그렇지 않았다면 당장에 루슬릭을 죽여 버리겠다고 달려들었을지도 모른다.

물론, 그렇게 참고 있는 사람은 렝 혼자만이 아니었다.

"다행인 줄 알아. 저 영감님 아니었으면 일단 넌 네 혓바닥부터 뽑고 봤을 거다."

"그거 유감이군. 같은 생각이었는데 말이야."

"……정정하마. 너랑 같은 생각을 했다는 게 역겹네. 그냥 바로 죽여줄게."

두 사람의 살기로 인해 대전 안의 공기가 차갑게 식었다.

당장에라도 서로를 향해 죽이겠다고 달려들지 않는 것만 해도 두 사람은 최대한의 인내를 발휘한 것이었다. 특히 계산적이고 이성적인 렝보다는 본능적이고 거침없는 루슬릭은 지금 인내심의 최고조를 경험하고 있었다.

"아끼던 단원이 죽었다고 들었다."

서두를 던지며 용병왕이 입을 열었다.

이미 모든 이야기를 들었는지 그는 측은한 표정으로 루슬릭을 바라봤다.

"상심이 크겠구나."

"위로나 받으러 온 것 같습니까?"

"아니겠지. 네 성격상, 둘 중 하나가 아니지 않을까 싶었다. 렝을 죽이거나 다른 단원이라도 살리기 위함이겠지."

"잘 아시는군요. 후자가 안 되면 전자라도 이룰 생각입니다."

"그렇다는군."

용병왕의 시선이 렝에게로 옮겨졌다.

그는 처음으로 초점을 맞춰 용병왕과 눈을 맞췄다.

늘 차분하고 이성적인 모습만을 보이던 렝이었다. 하지만 루슬릭과 관련된 문제에서만큼은 늘 제대로 된 판단을 내리지 못하곤 했다.

용병왕은 그런 모습이 늘 안타까웠다. 두 사람의 사이가 조금만 더 좋았더라면……

"렝. 네 생각을 듣고 싶구나."

"용병왕이시여. 저는 루슬릭과 같은 하늘 아래에서 멀쩡히 살아가고 싶은 생각이 없습니다."

"루슬릭에 대한 네 화가 그 정도로 크더냐?"

"화를 떠나 이것은 제 자존심입니다. 그리고 자존심은 바로 저라는 사람을 만들어준 정신입니다. 루슬릭을 죽이지 못하는 것은 곧 저를 죽이는 것과 같습니다."

렝은 또박또박, 그리고 차분하게 자신의 의사를 표명했다.

흥분이라고는 전혀 찾아볼 수 없는 모습이었다. 그가 얼마나 오랫동안 루슬릭에게 복수를 꿈꿔 왔는지 알 수 있는 부분이었다.

"크하하하하하—!"

대전, 아니 왕성 전체가 용병왕의 웃음소리로 쩌렁쩌렁 울렸다.

렝, 그리고 심지어 루슬릭마저도 그 웃음소리에 눈살을 찌푸리며 귀를 막을 정도였다.

비웃음이라기엔 너무나도 호탕했다. 용병왕이 이토록 크게 웃었던 적이 언제인지, 이제는 기억조차 나지 않을 정도로 오래되었다.

한참을 웃던 용병왕이 웃음을 뚝 그치며 렝을 바라봤다.

"네가 내가 아는 똑똑한 렝이 맞다면, 당장 루슬릭에 대한 복수를 그만두어야 할 것이다."

"납득할 수 있게 설명해 주십시오."

"아까 루슬릭이 그러지 않았더냐? 생각대로 잘되지 않으면, 널 죽이기라도 하겠다고. 안타깝지만 네가 하던 일을 그만두지 않으면, 넌 루슬릭의 손에 가장 먼저 죽게 될 것이야. 죽으면 무엇이 남느냐? 복수든 뭐든, 살아 있어야 할 수 있는 일이지."

검에 베인 왼쪽 눈의 긴 검상을 만지작거리며 렝이 루슬릭을 노려봤다.

이미 두 사람은 오 년 전쯤 한 번 붙었던 적이 있었다. 처음에는 사사로운 다툼이었는데, 어쩌다 보니 싸움이 길고 커져 결국 한 사람이 눈을 잃는 상황까지 발생했다.

비록 한쪽 눈을 잃고 싸움에서 패했다고는 하지만 그건 이미 오 년 전의 일이었다. 렝은 다시 붙는다면 적어도 지지는 않을 자신이 있었다.

"바로 그 마음가짐이 문제다, 렝."

"……무슨 소립니까?"

"루슬릭과 다시 싸우면 적어도 지지는 않을 것 같지 않으냐?"

속마음을 들킨 렝이 흠칫 놀라 고개를 숙였다.

이번에는 루슬릭을 돌아본 용병왕이 물었다.

"루슬릭, 네 생각을 말해보거라."

"저 새끼가 오 년 전과 같은 실력이라면… 일 분 안에도 죽일 수 있습니다."

생각의 차이.

적어도 지지는 않을 것이라는 사람과, 반드시 이길 수 있다는 사람.

그 생각과 자신감의 차이는 결국 실제 싸움에도 크게 반영된다.

결국 그 차이에서 렝은 루슬릭보다 실력 면에서 뒤쳐진다는 것을 인정하는 셈이었다.

스스로는 지금까지 인정하고 있지 않았지만 렝 역시 사실 알고 있었다.

제1로열 나이트 용병단.

그들은 오직 전쟁만을 위해 만들어진 용병단이다. 그리고 루슬릭은 그 용병단의 단장으로, 모든 로열 나이트 용병들 중 가시밭길을 가장 오래 걸어왔다.

현역에서 한발 물러나 정치를 해 온 렝과 전쟁터를 전전한 루슬릭의 차이는 현격히 벌어질 수밖에 없었다.

"……그래서, 저보고 여기서 멈추라는 소립니까?"

"그건 아니지. 하지만 적어도 방식은 잘못되었다."

용병왕은 호탕한 인물이었다.

그는 렝을 신임하지만, 그의 방식 자체는 그렇게 좋아하지 않았다. 특히 그 방식이 그가 가장 아끼던 루슬릭에게 적용된다는 게 더더욱 마음에 들지 않았다.

적어도 렝과 루슬릭의 사이에서 일어난 일이라면 두 사람이서 해결하는 게 맞았다. 렝은 루슬릭을 직접 노리지 않고 그를 괴롭히기 위해 주위 단원들을 건드렸다.

하지만 렝의 입장에서는 용병왕의 명령을 무작정 받아들이기 힘들었다. 이제 와서 멈추기에는 너무 많이 와버렸고,

쌓인 골도 깊었다.

"그럼… 저 녀석을 직접 죽이는 건 괜찮습니까?"

"그것까지는 내가 왈가왈부할 일이 아닌 것 같군."

허락이 떨어지자 렝의 눈이 번쩍였다. 그는 아직까지도 루슬릭에 대한 원한이 남아 있었다.

모든 일이 다 해결 된 것은 아니지만 썩 만족스러운 결과였다. 애초에 루슬릭이 이곳 용병왕국까지 온 이유도 주위 단원들 때문이었다.

주위 단원들이 아닌 자신을 직접 노린다면 루슬릭은 절대 죽지 않을 자신이 있었다. 몇 명을 보내든, 누구를 보내든 루슬릭은 어떻게 해서든 살아남을 것이다. 여차하면 용병왕국을 적으로 등지더라도 렝을 죽일 생각이었다.

"영감님, 고맙습니다."

"영감이라… 날 그렇게 부르는 건 아직까지도 너밖에 없구나."

"나이가 있으신데, 그럼 영감이 아니고 뭡니까?"

"틀린 말은 아니긴 하지. 다른 이가 그렇게 불렀다면 무례하다고 꾸짖었겠지만, 루슬릭. 적어도 넌 그 말을 할 자격이 있다."

강자존.

이 간단하면서도 절대적인 법칙을 만들어낸 당사자가 바

로 용병왕이었다. 그는 루슬릭의 강함을 인정했고, 그의 건방진 행동을 당연하다고 여겼다.

만약 용병왕이 타국의 왕처럼 예의범절을 우선시하고 신경 썼다면 루슬릭이 로열 나이트 용병이 되는 일 따위는 일어나지 않았을 것이다.

"그럼 전 이만 가보겠습니다. 고마웠습니다, 영감님."

"돌아올 생각은 전혀 없는 것이냐?"

막 뒤돌아서려는 루슬릭을 용병왕의 목소리가 붙잡았다.

렝의 눈이 그 어느 때보다도 크게 흔들렸다. 용병왕이 루슬릭을 아끼고 원한다는 건 알고 있었지만, 바로 이 자리에서 붙잡으려 할 줄은 몰랐다.

만약 루슬릭이 다시금 돌아온다면?

와해되었던 제1로열 나이트 용병단은 하나로 뭉칠 것이고, 렝의 입지는 그만큼 줄어들 것이다. 또한, 렝의 복수는 지금보다 훨씬 어려워질 것이다.

잠시 시선을 피하던 루슬릭이 결국 용병왕의 눈을 똑바로 마주했다.

"계약 기간은 이십 년이었습니다."

"그래. 바로 얼마 전에 끝났지. 하지만 다시 하면 되지 않으냐?"

"전 그럴 생각이 없습니다."

이미 이십 년 동안 생각하고 또 생각해 온 일이다.

전쟁. 또 전쟁.

정신이 이상한 사람이 아니고서야 하루에 수십 명씩 죽이는 삶이 즐거울 리 없다.

이미 루슬릭의 정신을 지칠 만큼 지쳤고 피폐해졌다. 이곳 용병왕국에 발을 들인 것도 그로서는 큰 결심을 한 일이었다.

하지만 오래전에 결심을 굳힌 루슬릭과는 달리 용병왕은 미련을 버리지 못했다.

"그러니까 다시 생각해 보라는 뜻이다. 앞으로의 용병왕국에는 네가 꼭 필요하다."

"전 그게 마음에 들지 않습니다. 전쟁밖에 모르는 놈이 필요하다는 건, 앞으로도 전쟁이 끊이지 않는다는 뜻 아닙니까?"

"아니다. 전쟁을 끝내기 위해서 네가 필요한 것이다."

"……그게 무슨 소립니까?"

앉아 있던 옥좌에서 친히 몸을 일으키며 용병왕이 아래로 걸어 내려왔다.

가까이 다가온 용병왕은 루슬릭보다 족히 반 뼘가량 컸다. 루슬릭도 절대 작은 키가 아니었는데, 그는 칠십의 나이임에도 나이가 들어 허리가 굽는다거나 하는 증상 따위는 전혀 없어 보였다.

"제가 생각하는 그게 아니길 바랍니다."

"네가 생각하는 그게 맞을 것이다. 내가 아는 넌 무척 똑똑한 아이니까."

"……지금 이 순간, 진심으로 제가 멍청한 놈이면 좋겠네요."

설마, 하는 생각을 머릿속으로 백여 번 이상 떠올리며 루슬릭이 말했다.

"대륙 일통."

"정답이다."

"안톤 제국입니까?"

"역시 넌 똑똑하구나. 저기 있는 렝만큼."

그의 말은 이 모든 계획을 렝과 함께 세웠다는 뜻이었다.

이 순간만큼은 렝에 대한 생각 따위는 전혀 들지 않았다. 그보다는 용병왕과 렝이 세우고 있는 이 위험천만한 계획에 혼란이 올 뿐이다.

루슬릭 역시 수많은 전쟁터를 전전하며 비슷한 생각을 전혀 해보지 않았던 것은 아니다.

애초에 대륙이 하나로 통일된다면 이런 전쟁 따위는 일어나지 않을 텐데, 하고.

하지만 그런 생각은 이상에 불과하다. 아니, 일어나서는 안 된다.

그것을 깨닫기까지 루슬릭이 걸린 시간이 족히 이십 년이었다.

"영감님은 알고 있으리라 생각합니다. 대륙이 하나로 합쳐져 봤자, 그 영광스러운 시대가 오래가지 않을 것임을."

"알지. 단순한 숫자가 아닌 이상, 하나는 결국 둘, 셋으로 나누어지게 마련이니까. 특히 땅덩어리는 말이야."

"그런데도 대륙 일통 따위를 생각하시는 겁니까?"

"글쎄… '따위'라는 말을 쓸 정도로 이 일이 하찮다고 생각한다면, 네 그릇의 크기가 내 생각보다 그리 크지 않은가 보구나."

그는 양손을 활짝 벌렸다.

그렇지 않아도 큰 키의 용병왕이 손을 위로 올리자 그 크기가 더욱 거대해 보였다.

아니, 단순히 키나 덩치의 문제가 아니었다.

그는 인간 자체가 컸다. 그 어느 누구라도 아래로 굽어볼 수 있을 만큼 그는 컸다. 거인이라는 말이 부족한 사람이다.

"한낱 창부의 아들로 태어나, 칼 한 자루로 밥을 벌어먹었다. 내 몸뚱이와 칼을 빌려주며 용병이 되었고, 나를 따르는 사람들을 데리고 나라를 세웠다. 용병! 우리가 아무리 날고 기어도 그 한계를 깨기에는 한계가 있다. 그렇다면 한낱 용병인 우리가 할 수 있는 가장 큰일이 무엇이라 생각하느냐?"

그에 대한 대답은 이미 오래전부터 끊임없이 들어왔다.

그리고 그 해답을 알려준 사람 역시 용병왕이었다.

"언제나 말씀하셨죠. 우리 용병들은 누구에게 칼을 빌려주느냐에 따라서 이름과 값어치가 변한다고."

용병이란 사람이 아닌, 잘 벼려진 검과 같았다.

그들은 기사들과 같이 신념이나 충의가 아닌, 돈에 의해 움직인다.

하지만 용병왕은 단순히 돈에 의해 검을 빌려주는 가벼운 행동을 싫어했다. 그는 용병이라면 자신이 검을 빌려줄 사람을 직접 선택해야 한다고 생각했다.

가장 값어치 있는 일에 검을 휘두르는 것이야말로 자유로운 용병에게 주어진 유일한 특권이었다.

하지만 사람마다 값진 일의 기준은 모두 다르다. 루슬릭은 사람 그 자체가 중요한 반면, 용병왕은 용병으로서의 한계를 깨버리길 원했다.

이미 그는 용병으로서 정점을 찍었다.

제국의 황제라는 대륙의 정점과 함께 대륙을 하나로 통일하는 것.

그것이 바로 용병왕이 죽기 전 마지막으로 원하는 바람이었다.

"넌 최고의 검이다, 루슬릭. 단지 아직까지 그 검이 무만 썰었을 뿐이지."

"제가 벤 건, 무가 아니라 사람의 목이었습니다."

그 대답 하나로 루슬릭의 의사 표명은 끝이었다.

그는 더 이상 대화를 나눌 생각이 없었다. 용병왕과 루슬릭은 서로 다른 가치관을 가졌다. 한 사람은 이름과 업적을, 한 사람을 사람이라는 존재 자체를 생각한다.

입을 굳게 닫아버린 루슬릭은 획 하고 몸을 돌렸다. 그는 말없이 묵묵히 대전 안을 빠져나왔다.

"언제라도 생각이 바뀌면 돌아오거라. 용병왕국은 언제든지 널 받아들일 테니."

끼이익─

대전 문의 손잡이를 잡아당기며 루슬릭이 대답했다.

"그럴 일 없습니다."

쿵─

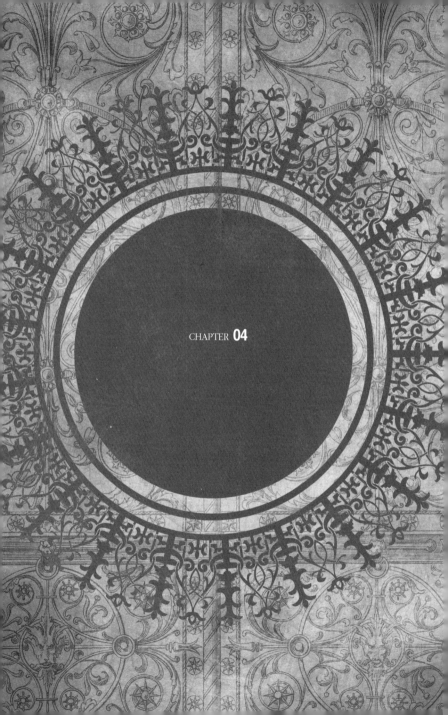

CHAPTER **04**

"너 눈이 왜 그러냐?"

동부 조합으로 돌아온 루슬릭이 붉게 충혈된 아칸의 눈을 보며 물었다.

멋쩍은 웃음을 흘리며 아칸이 어색하게 대답했다.

"그, 그냥 요새 잠을 설쳐서 그렇습니다. 그나저나 뒤에 는……?"

"아, 이 녀석은 파이온. 네가 찾아준 놈이다. 덕분에 찾은 거니 고맙다는 말도 하고, 이번에도 신세 좀 질까 해서 왔다."

예절이 몸에 밴 파이온은 자신보다 나이가 많아 보이는 아칸을 향해 반듯하게 인사했다. 실제로 용병으로 활동해 온 시기로 따져도 아칸은 파이온보다 선배였다.

파이온은 루슬릭과 함께 파움족을 멸족시킨 후, 곧장 영지를 떠나는 선택을 했다. 괜히 가문으로 돌아가 봤자 미련만 남을 것 같았기 때문이었다.

간단한 인사를 나눈 후 루슬릭은 다시금 동부 조합 인근의 여관으로 향했다. 아칸이 다음 단원을 찾을 때까지 그들이 할 수 있는 일은 없었다.

루슬릭이 돌아가자 아칸은 다시금 의자에 앉으며 뒤로 숨겼던 서신을 꺼내 읽었다.

"미친! 대체 나보고 어쩌라고?"

"제2로열 나이트 용병, 렝?"

화들짝 놀라며 아칸이 고개를 갸웃거렸다.

아무리 그가 용병 조합의 지부장을 맡고 있다지만, 로열 나이트는 엄밀히 말해 그들과 차원이 다른 존재들이었다.

그들의 입장에서 아칸 정도는 그야말로 말단. 칼프야 각지의 용병 지부를 관리하는 인물이니 그렇다 치더라도, 렝은 이렇게 굳이 따로 서신을 보낼 이유가 없었다.

"읽어보십시오."

아칸은 알비스의 목소리가 심상치 않다는 것을 알 수 있었다. 이미 아칸에게 서신을 주기 전에 미리 읽어본 그였다.

말로 전해 듣기보다 아칸은 직접 눈으로 읽는 쪽을 택했다. 그는 졸음도 잊고 서신을 읽어 내려갔다.

"……이게 뭐야?"

서신을 읽어 내려가는 그의 손이 부르르 떨렸다.

"우리보고 뭘 어쩌라고?"

"나 왔다!"

쾅—!

집무실 문이 거칠게 열리며 익숙한 음성이 들려왔다.

아칸은 서둘러 서신을 뒤로 숨기며 집무실로 들어온 사람에게 짤막하게 인사했다.

"오, 오셨습니까?"

* 　 * 　 *

"이거 보십시오."

서류 묶음을 건네며 알비스가 다급히 말했다.

아칸은 벌겋게 충혈된 눈을 돌렸다. 그의 눈은 잠을 제대로
자지 못해 퀭했다.

"뭔데?"

"용병왕국에서 내려온 서신입니다."

졸린 눈을 깨며 아칸이 화들짝 놀랐다.

"칼프 님이 보내신 거냐?"

"네. 그런데… 두 장입니다."

"뭐가 두 장이야?"

아칸은 다급히 알비스가 건네는 서류를 받았다. 그의 말대
로 서류는 총 두 장이었다.

두 장의 서류는 같은 장소에서 각기 다른 사람이 보내왔다.

하나는 그들의 직속상관이자 로열 나이트 용병인 칼프가
보낸 서신이었다.

그 내용은 별다른 게 없었다. 간단히 안부를 묻고, 루슬릭
을 더욱 잘 부탁한다는 간단한 인사였다.

그런데 문제는 다른 한 장이었다.

장난기나 짓궂었던 평소의 표정은 간데없고, 검을 휘두르며 사람을 죽이는 그의 표정은 놀라우리만치 무표정했다.

마치 감정이 없는 사람 같았다.

얼굴을 붉게 물들이며 촌장이 소리 질렀다.

"이, 이 악마의 자식 같은……!"

"……신경 쓰이게."

루슬릭의 신형이 촌장의 앞으로 날아왔다.

처음으로 루슬릭이 반응을 보이자 촌장은 조금이나마 희망을 가졌다.

"부디 우리 부족을……."

"닥쳐."

뿌각―

바위도 부술 주먹이 촌장의 관자놀이를 후려쳤다.

촌장의 늙고 힘없는 머리는 그대로 날아가 힘없이 일그러졌다.

"&*@$%·&~!"

무어라 알 수 없는 말을 소리치며 부족민들이 루슬릭을 향해 달려들었다.

이미 영혼을 잃은 촌장의 몸뚱이를 발로 툭 걷어차며 루슬릭이 중얼거렸다.

"그래. 다 덤벼. 귀찮게 거치적거리지 말고."

"대체 무슨 얘기를 한 거야?"

한동안 말없이 걷는 루슬릭에게 루나가 답답하다는 듯 물었다.

그녀와 파이온, 카사크는 루슬릭이 용병왕과 이야기를 나누는 사이 대전 밖에서 기다리고 있었다. 두꺼운 강철 문으로 만들어진 문이라 그 안에서 나누는 대화는 거의 들을 수 없었다.

하지만 아무리 방음이 완벽하다고 해도 용병왕의 그 쩌렁쩌렁한 웃음소리만큼은 모두에게 확실히 들렸다.

더군다나 루슬릭의 표정.

지금껏 이렇게까지 심각했던 적이 얼마나 될까 싶을 정도로 그의 표정은 좋지 않았다. 라우엠이 죽었을 때 분노했던 것과는 달리, 진심으로 무언가를 걱정하는 표정이었다.

"신경 쓸 것 없어."

"어떻게 신경을 안 써?"

"영감님과 렝과는 이야기가 끝났다. 이제 다른 단원을 건드리는 일은 없을 거야. 날 죽이려고 했으면 했지."

"……그게 신경 쓸 일이 아니야?"

"넌 내가 죽인다고 죽을 놈으로 보이냐?"

어처구니없는 질문이었지만 그녀는 고개를 저을 수밖에 없었다.

모르는 사람이라면 몰라도 그를 가장 오래 지켜봐 온 그녀는 루슬릭이 누군가의 암계로 죽는다는 사실이 믿기지 않았다. 정말이지 루슬릭은 하늘이 두 쪽 나도 죽지 않을 것만 같았다.

루슬릭이 '고작' 이런 일로 표정이 이렇게 심각할 리 없었다. 그렇다면 용병왕과 나눈 어떤 대화 때문일 것이다.

"……신경 쓸 필요 없어. 이젠 나와 상관없는 이야기야."

루슬릭의 중얼거림은 최면에 가까웠다.

더 이상 그는 용병이 아니었다. 전쟁에 얽힐 일도, 이유도 없었다.

용병왕이 무슨 생각을 하고 어떤 계획을 세우든 더 이상 신경 쓸 이유가 없었다. 용병을 그만둔 순간, 그는 더 이상 용병이라는 자들과 다른 세계를 살아가게 되었다.

"돌아가기나 하자."

"돌아가다니……."

"어디로 말이요?"

파이온과 카사크가 동시에 물어왔다.

그 물음에 루슬릭은 아련하고 나른한 표정을 지었다.

"고향."

＊　　　＊　　　＊

하츨링 백작가는 오웬 백작가와의 통합 이후 큰 성장을 이루었다.

제라스 왕국의 동부의 지배자로 우뚝 거듭났으며 수도의 귀족들도 레바논에게 줄을 대기 위해 먼저 연락해 올 정도로 이름이 알려졌다.

영지가 넓어지고 가문의 위상이 드높아졌다. 하츨링 백작가의 역사상 이런 성장기는 없었다.

하지만 정작 가주인 레바논은 죽을 맛이었다.

기분은 좋지만, 몸과 정신이 힘들었다. 처리해야 할 서류와 일들이 산더미였고 뭔 놈의 귀족들이 그리 할 일도 없는지 아침에 일어나면 수십 통의 서신이 날아왔다. 별다른 내용 없이 안부 인사가 적혀 있는 쓸데없는 서신들이었다.

그렇다고 읽고 버릴 수만은 없으니 일일이 답장을 해줘야 했다. 레바논은 그야말로 요 근래 쉴 새 없이 바빴다.

쿵─

집무실 책상 위로 한 더미의 서류가 올라왔다.

막 남은 서류를 다 정리해 가던 레바논은 새로운 서류를 가지고 온 라프르를 원망스러운 눈으로 바라봤다.

"좀 쉬면 안 되겠나?"

"일이 밀렸습니다, 영주님. 이것까지만 부탁드립니다."

"젠장. 끝내주는군."

그 점잖은 레바논의 입에서 마침내 욕설이 터져 나왔다. 사실 지금까지 버틴 것만도 기적이었다.

비단 레바논만이 아니라 라프르 역시 몰골이 말이 아니었다. 그렇지 않아도 주름졌던 얼굴이 피곤함에 절어 다크 서클이 짙어졌고, 금방이라도 쓰러질 것처럼 비틀거렸다.

"나이도 있는데 라프르는 좀 쉬는 게 어떤가?"

"아직 십 년은 거뜬합니다."

"얼른 사람을 구하든가 해야겠군. 이러다 말라 죽겠어."

침침한 눈으로 다시금 서류를 들여다보며 레바논이 한숨을 쉬었다.

웬만해서는 기존 인력들로 일을 처리하고 싶었는데 땅이 넓어지니 그게 그리 쉽지가 않았다. 단순히 일거리가 두 배로 느는 게 아니라, 수도의 관심을 받으면서 열 배는 많아진 느낌이었다.

똑똑―

"영주님. 저 막스입니다."

굵직한 목소리가 이렇게 반가울 수가 없었다.

사람을 만나서 대화라도 하면 잠시 쉴 수 있다는 생각에 레바논은 서둘러 대답했다.

"들어오시게!"

자리에서 벌떡 일어나 소파로 향하는 레바논을 라프르는 말리지 않았다. 라프르 본인도 조금 쉬고 싶었기 때문이었다.

들어오라는 말이 떨어지기가 무섭게 막스가 급하게 문을 열고 들어왔다. 그렇지 않아도 급한 성격의 막스였는데, 오늘따라 더욱 급해 보였다.

"영주님. 그분이 돌아왔습니다!"

가쁜 숨을 몰아쉬며 서두 없이 다짜고짜 이야기하는 막스는 무척 상기된 표정이었다.

그럴 만도 했다.

돌아온 사람이 그들이 그토록 기다렸던 사람이었으니까.

"루슬릭이 말이냐?"

피곤에 절은 사람이 맞나 싶을 정도로 레바논은 방금 앉았던 소파에서 벌떡 일어났다. 마찬가지로 라프르 역시 표정을 활짝 폈다.

전속력으로 고개를 끄덕이며 막스가 힘차게 대답했다.

"네!"

"보름쯤 걸릴 거라고 해놓고선 석 달째 연락이 없더라니. 이제야 왔군."

벌써 석 달이었다.

보름을 막 넘겼을 때에는 좀 늦는구나 싶었는데, 그게 한 달이 되고 두 달이 되니 다시 돌아오지 않으면 어쩌나 하는 걱정까지 들었었다.

"그런데… 함께 온 일행이 좀 많습니다."

"일행?"

레바논이 기억하기로 루슬릭과 함께 떠난 일행은 루나 한 명뿐이었다.

남자와 여자 단둘이 보름간 떠난다기에 신혼여행이라도 가나 싶었는데, 생각보다 그 기간이 너무 길었다.

석 달 사이 사고치고 애를 키워 왔을 리는 없으니, 또 누군가를 데리고 온 모양이었다.

"그럼 신혼여행이 아니었던 건가?"

"일단 손님들이 많아 접대실로 모셨는데요."

레바논은 성큼 걸음을 옮겼다.

"가자!"

＊　　　＊　　　＊

한 잔씩 내어져 있는 고급스러운 차를 루슬릭은 단숨에 들이켰다.

쌉쌀한 향이나 차를 음미하는 사치 따위는 모르는 그였다. 같은 쓴맛이면 차라리 술을 내왔으면 할 정도로 차와는 거리가 멀었다.

용병들은 대체로 차를 즐기지 않는다. 그들은 양도 적고 쓰기만 한 차를 이해하지 못한다.

하지만 용병들 중에서도 당연히 별종은 있었다.

자리에 모인 사람들 중 유일하게 파이온만이 차를 천천히 음미했다.

"후딱 안 마시냐?"

보다 못한 루슬릭이 답답하다는 듯 말했다.

"단장. 차는 눈으로 한 번, 코로 한 번, 그리고 혀로……."

"눈, 코, 입 셋 다 병신 되기 싫으면 후딱 처먹어라."

"역시 남자라면 원샷이죠."

술 마시듯 단숨에 차를 들이킨 파이온은 캬아, 하는 시원한 음성까지 덧붙였다.

그렇게 그들이 차를 비우고 한참이 흐른 뒤, 레바논과 라프르가 들어왔다.

"왔어?"

루슬릭이 인사하자 루나와 파이온, 카사크가 자리에서 일어났다.

이미 그들은 루슬릭을 통해 곧 올 사람이 그의 형임을 알고 있었다. 루슬릭에게 형이 되는 사람을 함부로 대할 수는 없었다.

"아주버님, 어서 오세요."

평소와는 전혀 다른 옥구슬이 굴러가는 나긋나긋한 목소리로 레바논을 반기며 루나가 자리를 안내했다.

그게 무슨 짓이냐는 듯 파이온이 멍한 표정을 지었고, 카사크는 역겹다는 듯 혀를 길게 빼내고 헛구역질했다.

이마에 고운 힘줄을 새기며 루나가 슬며시 보이지 않는 각도로 파이온과 카사크를 향해 가운데 손가락을 치켜들었다.

"대체 어딜 다녀온 게냐?"

"생각보다 일이 좀 많아져서. 그렇게 서 있지만 말고 일단 좀 앉아."

서둘러 루슬릭의 맞은편에 앉으며 레바논이 다시 말문을 열었다.

"함께 온 두 사람은 누구냐?"

"예전에 함께 활동했던 내 밑의 단원들. 형이 오해하고 있는데, 이 녀석도 애인 아니고 그냥 단원."

"오해예요, 아주버님."

사근사근하게 웃으며 말을 바꾸는 루나를 보며 레바논은 그저 고개를 끄덕였다.

서방거리며 약혼녀를 자처하는 루나는 그렇다 쳐도, 파이온과 카사크는 부정하지 않는 것이 루슬릭의 말이 사실인 듯했다.

루슬릭은 손가락으로 루나와 파이온, 카사크를 각각 가리켰다.

"이 녀석들, 그래도 꽤 쓸 만할 거야. 밥값은 할 정도니까, 형이 알아서 써먹어."

"단장!"

밥값은 할 정도라는 말이 마음에 들지 않았는지 카사크가 발끈했다. 그래도 용병왕국의 로열 나이트 용병단의 간부였던 그가, 일개 영지에서 고작 밥값 수준이라니.

하지만 아무리 발끈하고 울상을 짓는다 한들, 루슬릭을 이겨볼 수는 없었다. 습, 하며 눈살을 찌푸리는 것으로 카사크의 불만은 잠잠해졌다.

"밥값이라고 해도… 대체 무슨 일을 시켜야 하느냐?"

"땅만 커지면 뭐해? 힘이 없으면 결국 빼앗기는 게 땅이야. 이놈들 다른 건 몰라도 싸움 하나는 적당히 하니까. 쌈질이나 시켜."

시간이 꽤 지났지만 루슬릭은 아직까지도 하츨링 백작가의 총 용병 단장이었다. 그 사실은 막스와 자르의 계약이 모두 끝날 때까지 변함이 없었다.

그리고 용병이라는 점은 루나와 파이온, 카사크 역시 마찬가지였다. 용병이란 돈을 대가로 칼은 물론이고 자신의 능력을 빌려준다. 그리고 그런 방면으로 세 사람은 꽤나 할 줄 아는 일이 다양했다.

"이놈들, 내 밑으로 붙여줘. 카사크 이놈은 용병들 훈련이나 시키고. 파이온은 치안 유지를 맡기면 될 것 같네."

"단장! 그게 무슨 소립니까?"

그때, 가만히 있던 막스가 발끈했다.

"다른 건 몰라도 저 녀석이 우리 훈련을 맡는다니요?"

"약하면 강한 놈에게 배우기라도 해야지. 뭐 문제 있냐?"

그 한마디가 기폭제가 됐다.

눈에 불을 켜며 막스가 카사크를 노려봤다.

"이 녀석이 그렇게 강합니까?"

"글쎄. 내 입장에선 너나 이놈이나 똑같이 약한데, 그래도 이쪽이 좀 더 낫지."

그때, 카사크가 자리에서 일어났다.

"불만인가?"

"그래. 한 판 붙어!"

"사양하지 않지."

"따라와라. 찍 소리도 못하게……."

"뭘 귀찮게 자리를 옮기나? 너 정도를 상대하는 데."

손가락을 까닥거리며 카사크가 비웃음을 지었다.

그는 레바논에게서 떨어져 한쪽 벽에 섰다.

"덤벼라, 아가야. 실력이나 보자."

"이 새끼가!"

도발에 못 이겨 막스가 달려들었다. 정직한 돌진이었지만 꽤나 매서웠다.

뻐억─!

막스의 주먹이 카사크의 얼굴을 때리며 그의 얼굴이 뒤로 돌아갔다.

힘이라면 그 누구에게도 지지 않을 것이라 자부하는 막스였다. 그의 주먹은 어지간한 사람은 한 방에 기절할 정도로 힘이 있었다.

하지만 회심의 미소를 짓는 그를 비웃기라도 하듯 카사크의 발길질이 막스를 걷어찼다.

퍼억—

"커헉!"

복부를 걷어차인 막스가 한 손으로 배를 감싸며 뒤로 주춤
물러났다. 얻어맞은 얼굴을 한 손으로 쓰다듬으며 카사크가
눈살을 찌푸렸다.

"확실히 힘은 좀 있군."

지켜보던 루슬릭이 보기에도 막스의 주먹은 꽤 위력이 있
어 보였다. 주먹을 뻗는 자세도 썩 괜찮았다. 아무래도 그간
실력이 꽤 늘은 것 같았다.

맷집이라면 둘째가라면 서러운 카사크였다. 단단한 체격
과 근육은 루슬릭의 주먹에 얻어맞아도 아프다는 선에서 끝
날 정도였다. 그래서 루슬릭은 카사크를 때릴 때만큼은 급소
를 골라 때렸다.

하지만 그런 사실을 알지 못하는 막스는 이 황당한 상황을
어찌 받아들여야 할지 몰랐다.

힘에 대한 자신감이 남다른 막스였다. 카사크가 주먹을 허
용했을 때, 자신만만한 얼굴에 주먹이 들어갔을 때, 그는 승
리를 예감했다.

한데 쓰러지기는 커녕 오히려 역습을 해왔다. 게다가 카사
크는 전혀 충격을 받은 것 같지 않았다.

"이런 말도 안 되는……."

"말이 안 되긴? 그나저나 조금 놀랐다. 솜방망이일 줄 알았는데, 생각보다 아파서."

"검에 찔리고도 그런 말이 나오나 보자!"

차앙—!

호쾌하게 검을 뽑으며 막스가 달려들었다.

번쩍 날아오른 막스는 정직하게 검을 내리찍었다. 압도적인 힘을 위주로 한 그의 검은 꽤나 매섭고 묵직했다.

아무리 카사크라고 해도 맨손으로 검을 받아낼 수는 없었다. 그 역시 허리춤에 차고 있던 검을 뽑아 응수했다.

쩌엉—!

강하게 내리친 검이 검과 부딪치며 쩌렁쩌렁한 파공음을 만들었다.

하지만 첫 번째와 같이 나타난 결과는 놀라웠다.

양손으로 강하게 내리친 막스의 검을 카사크는 한 손으로 막아낸 것이다.

가진 게 힘뿐인 막스의 검을 한 손으로 막아냈다. 그것은 곧, 힘에 있어서도 카사크가 더 위에 있다는 뜻이었다.

"……진짜 힘 하나는 무식하게 세군."

물론 카사크도 그렇게 여유롭지만은 않았다.

생각 이상으로 막스의 힘이 세서 검을 들고 있는 그의 손이 파르르 떨렸다.

챙—!

급하게 검을 튕겨내며 카사크가 다소 놀란 표정을 지었다.

그는 검을 든 손을 잠시 보더니 휙, 하고 휘파람을 불었다.

어느새 카사크의 입가엔 즐거운 미소가 번졌다.

"이름이 뭐냐?"

상대의 이름을 묻는 것.

그것은 용병들 사이에서 상대를 인정하는 것을 뜻했다.

썩 기분 나쁜 뜻은 아니었기에 막스는 순순히 대답했다.

"막스다."

"내 이름은 카사크다. 솔직히 이런 촌구석에나 있는 용병이라 무시했다. 사과하지. 지금부터라도 진지하게 상대해 주마."

검을 잡는 카사크의 자세가 변했다.

아니, 드디어 자세를 잡기 시작했다. 그는 지금껏 막스를 상대로는 준비도 필요하지 않다고 생각하고 무시하고 있었다.

하지만 막스의 실력을 직접 겪어보고 예우를 해줄 필요가 있는 상대라고 인정해 준 것이다.

싸움을 지켜보던 루슬릭도 내심 놀랐다.

석 달. 그리 길지도, 짧지도 않은 시간이었다. 그 시간 동안 막스의 실력은 다른 사람이라고 해도 믿을 정도로 늘었다.

떠나기 전에 자르와 막스에게 개인에게 맞는 훈련 방법을 알려주었는데, 그게 상당히 효과가 있었던 모양이었다.

막스의 실력이 이 정도라면, 그와 비슷한 수준이었던 자르의 실력도 궁금해진다. 점점 루슬릭은 막스와 자르를 본격적으로 키워볼 생각이 들었다.

"그래, 좋아. 이제부터 다시 화끈하게 붙자고!"

자리를 박차며 막스가 재차 달려들었다.

하지만 검에 손도 대지 않고 있었던 방금과는 달리 카사크는 검을 곧게 잡고 자세를 취하고 있었다. 게다가 이번에는 양손이었다.

검을 높게 치켜든 카사크가 달려오는 막스를 향해 검을 대각선으로 그었다.

막스와 카사크의 몸이 스쳐 지나갔다.

부딪치나 했던 순간이었다. 대체 어떻게 두 사람이 부딪치지 않고 그대로 통과할 수 있었는지, 실력이 부족한 레바논은 이해할 수 없었다.

하지만 잠시 후, 뒤이어진 소리를 통해 그 모든 궁금증이 해결되었다.

땡그랑—

바닥에 떨어진 맑은 소리.

막스의 검이 바닥에 뒹굴었다. 카사크의 검이 막스의 검을 깔끔하게 베어버린 것이다.

어떻게 된 상황인지 몰라 막스는 잠시 멍한 표정으로 자신의 검을 바라봤다.

단면을 보니 부러진 게 아니고 말 그대로 베어졌다. 검이 부러지는 사례는 본 적이 있지만, 베어진다는 것은 지금껏 상상도 해보지 않은 그였다.

새로운 세상이었다. 졌다는 느낌도 제대로 들지 않았다. 이 정도의 실력자에게 진 것이라면 그건 진 게 아니었다.

가르침이었다.

"……고맙소."

몸을 뒤로 돌린 막스가 카사크를 향해 허리를 숙였다.

무식하기로 유명한 막스가 허리를 숙이며 예의를 차리는 경우는 이번이 처음이었다.

그는 새로운 세상을 보았다.

카사크와 검을 마주친 순간, 그는 스스로 검술의 한계를 결정짓던 선이 없어지는 것을 느꼈다.

벽이라고 할 수 있었던 선이 사라진 순간, 막스는 한 단계 도약할 수 있는 기회를 얻은 것과 같았다.

"고맙긴 뭘."

＊　　　＊　　　＊

접대실에서 두 시간을 넘게 이야기를 나눈 루슬릭은 피곤하다는 얼굴로 밖으로 나왔다.

레바논과의 대화가 어렵지는 않지만 워낙 많은 것을 묻고 궁금해하기에 거짓말을 보탤 수밖에 없었다. 아직까지 루슬릭은 레바논에게 모든 것을 이야기하고 싶지 않았다.

"그 녀석이 꽤 마음에 들었나 보다?"

늘 낮잠을 자던 햇빛이 잘 비치는 창가 쪽에 몸을 뉘이며 루슬릭이 물었다.

"옛날에 저 같아서 말이요."

"하긴, 생각해 보면 좀 닮긴 했지."

"부끄럽소."

"키워볼 생각이냐?"

속마음을 훤히 꿰뚫린 카사크가 멋쩍게 웃었다.

"눈치챘소?"

"표정에 다 써져 있고만. 잘 키워봐. 계기도 없이 칼만 휘둘러서 그렇지, 오늘 보니까 확실히 자질은 있는 놈이니까."

말을 잠시 끊었던 루슬릭이 무언가를 생각하다가 다시 입을 열었다.

"파이온."

"예?"

"자르라는 녀석이 있다. 그놈한테 창을 좀 가르쳐 봐."

평소 자르는 검을 사용하지만 특이하게도 그는 루슬릭이 창을 다루는 것을 본 후로 창술에 관심이 많았다. 루슬릭이 보기에도 자르는 검보다는 창에 더 잘 어울렸다.

파이온 역시 처음에는 검을 다루다가 창술을 가르치고부터 실력이 부쩍 늘었다. 검술에는 영재 정도였던 파이온은 창술에는 천재 이상의 재능을 발휘했다.

밑져야 본전이니 자르에게도 창술을 가르쳐 보는 것도 그리 나쁜 선택은 아니겠다 싶었다.

"자르가 누군데요?"

"있어. 나중에 소개시켜 줄게. 그럼 카사크랑 파이온은 애들 가르치는 게 밥값이다 치고, 루나 넌……."

"꼭 밥값이 필요해, 서방?"

"돈이라도 내든가."

"……와, 진짜 정 없다."

툴툴거리면서 루나는 주머니에서 금으로 만들어진 주화를 꺼냈다. 루슬릭을 찾느라 큰 돈을 쓰긴 했지만, 그래도 아직 일반인에 비해서는 꽤 많은 돈을 가지고 있는 그녀였다.

루슬릭은 루나에게 강탈한 동전을 손가락으로 튕겼다.

"내가 너희를 알기 시작한 지 이십 년이야. 루나, 파이온,

카사크. 아마 너네를 나보다 더 잘 아는 사람은 없을 거다."

"갑자기 새삼스레 무슨 소리요?"

"말 끊지 말고 닥쳐봐. 난 더 이상 너희 단장이 아니야. 우리가 몸담고 있던 용병단은 와해됐어. 우린 따지고 보면 더 이상 용병이 아니라는 거야."

분위기가 착 가라앉았다.

세 명은 직감으로 알 수 있었다.

루슬릭이 무엇을 말하고자 하는지에 따라서, 앞으로 자신들이 살아갈 방향이 결정된다는 것을.

"놀고먹는 거, 생각보다 그리 재밌지는 않더라. 그렇다고 예전으로 돌아가고 싶은 생각도 없어. 전쟁, 전쟁, 전쟁. 이젠 신물 난다. 하지만… 우리가 가진 재주라곤 이런 거밖에 없잖아?"

평생을 싸움만 해왔다.

루슬릭은 물론이고, 다른 세 명에게도 역시 그 외에 특별한 재주가 있는 건 아니었다. 그들은 용병으로서는 최고 일류지만, 용병을 벗어나 한 명의 사람으로서는 밑바닥이었다.

평범한 사람으로서 밑바닥이 되느냐, 용병으로서 최고로 사느냐.

둘 중 하나를 고민하자면 당연히 용병일 수밖에 없었다.

"우린 계속 용병이다."

"……단장!"

"그래. 단장은 나고, 너희는 단원이다. 그리고 고용주는 하츨링 백작가다. 미안하지만, 난 예전처럼 세계적으로 나댈 생각은 없어."

한 명, 한 명 얼굴을 훑으며 루슬릭이 마지막으로 물었다.

"이의 있나?"

* * *

루슬릭이 돌아와서 가장 편해진 점은 용병들의 관리가 수월해졌다는 점이었다.

사무적인 일에는 크게 도움이 되지 않지만, 용병들을 움직이기가 수월해진 만큼 한 부분이라도 신경 쓸 일이 적어졌다는 것은 큰 도움이었다.

특히 루슬릭은 용병들을 영지의 치안 유지에 인력을 투입했다. 영지 내에서 놀고먹기보다는, 그렇게 밥값이라도 하는 게 낫다는 생각에서였다.

막스 용병단과 자르 용병단 내에서 루슬릭의 입지는 절대적이었다. 이미 앞에서의 영지전에서 루슬릭의 신위를 확인한 그들이었다.

치안 유지라는, 불만이 터져 나올 수도 있는 명령에도 불구하고 용병들은 그 임무를 착실히 수행했다.

영지 내의 치안 유지와 용병들의 관리에 신경 쓸 필요가 없게 되자 레바논은 좀 더 행정적인 문제에 신경을 쓸 수 있게 되었다.

"수도에?"

"그래. 아르만 공작 각하께서 초대하셨다. 다른 이도 아니고, 일국의 재상께서 친히 초대하셨는데 무시할 수는 없어."

루슬릭을 집무실로 부른 레바논은 한 장의 서신을 펼쳐 보였다.

매끄럽고 비싼 종이에 적힌 일국의 명필. 제라스 왕국의 재상, 아르만 공작의 필체였다.

다른 누구도 아니고 한 나라의 재상이 지방의 귀족에게 관심을 가진다는 건 무척 큰 의미를 가지고 있었다. 그것은 은연중 레바논은 자신의 사람으로 받아들이고 싶다는 뜻을 내비친 것이나 다름없었다.

"꽤 덩치 있으신 양반이네."

"표현은 이상하지만 틀린 말은 아니지. 사실상 제라스 왕국의 실권을 쥐고 계시는 분이니."

"그래서 수도로 가야겠다? 아르만 공작을 보러?"

"글쎄. 볼 수 있을지는 모르겠구나. 파티에 초대된 것뿐이니, 얼굴만 내비치고 끝날 수도 있지."

"그런데 나는 왜?"

"너도 하슬링 백작가의 직계가 아니더냐? 당연히 함께 가는 게 맞다."

"난 용병인데?"

"하지만 핏줄은 부정할 수는 없지."

지금껏 루슬릭은 고집으로 레바논을 이긴 적이 없었다. 레바논은 의외로 고지식한 면이 있어, 한 번 떠올린 생각을 그리 쉽게 버리지 않았다.

늦든 빠르든 루슬릭은 레바논은 따라가게 되어 있었다. 잠시 앓는 소리를 하던 루슬릭은 결국 고개를 끄덕였다.

"잠깐 수도 구경이나 다녀온다고 생각하지 뭐."

"오늘 안에 채비를 끝내고 출발할 테니, 너도 준비하고 있거라."

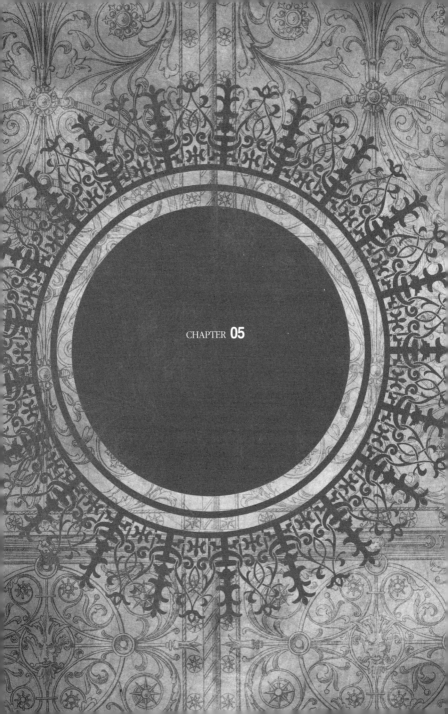

CHAPTER **05**

수도로 떠날 준비는 간단하게 이루어졌다.

마차를 끌 마부와 호위 기사 넷.

이 정도가 레바논, 루슬릭과 함께 수도로 떠날 인원의 전부였다.

지금에 와서는 동부 지역의 패자라고 할 수 있는 레바논의 일행이라고 하기엔 한없이 초라했다. 특히 호위 기사는 심하다 싶을 정도로 적었다.

하지만 함께 동행하는 이로 루슬릭이 있는 만큼 레바논의 안위에 문제가 생길 염려는 없었다. 레바논 역시 만약 루슬릭이 동행하지 않았다면 호위 인원을 좀 더 늘렸을 것이다.

간소한 준비를 마친 루슬릭과 레바논은 마차에 올랐다.

"아, 잠깐만."

마차에 막 발을 올린 루슬릭이 손을 들며 뒤를 돌아봤다.

"무슨 일이냐?"

"……초대하지 않은 손님이 한 명 있어서 말이야."

홀쩍 뛰어오른 루슬릭이 마차 위로 올라갔다. 그곳에는 편하게 햇빛을 쬐며 누워 있는 루나가 있었다.

그녀는 도대체 언제부터 올라와 있던 것인지 편히 잠까지 자고 있었다. 한숨을 푹 내쉬며 루슬릭이 손가락을 튕겼다.

딱—

"기상."

벌떡 몸을 일으킨 그녀가 입가에 흐르는 침을 닦으며 루슬릭을 바라봤다.

"아, 깜짝이야."

"너 여기서 뭐 하냐?"

"바늘 가는 데 실이 안 갈 수 있어?"

"누가 바늘이고 누가 실이냐? 소란피우지 말고 여기 조용히 있어."

"싫어!"

옥구슬 굴러가는 목소리로 빽 소리를 지르니 귀엽기만 하다. 물론, 그녀가 얼마나 무서운 여자인지를 아는 루슬릭으로서는 마냥 귀엽게만 볼 수는 없었지만 말이다.

말을 들어먹질 않자 루슬릭의 이마에 힘줄이 돋았다.

"맞는다?"

"때려. 맞아줄게. 대신, 따라갈 거야."

"뒈진다?"

"못 죽이는 거 다 알지룽."

"이게 진짜……."

예전에도 이런 적이 몇 번 있었다.

하지만 그때의 루슬릭은 그녀를 반길 입장이었다. 전쟁 중에는 한 명이라도 더 손이 많은 편이 좋았고, 그녀의 합류는 분명한 희소식이었다.

하지만 이번에 수도로 떠나는 길에는 그녀가 그리 필요하지 않았다. 아니, 오히려 골치였다.

그녀의 얼굴은 많은 사람들의 주목을 끌 것이고, 분명 불필요한 잡음이 나올 수밖에 없게 될 테니 말이다.

"그냥 따라 오도록 하지 그러냐?"

그때, 마차에서 내린 레바논이 상황을 파악했는지 루나의 편을 들었다.

안 그래도 루나의 고집은 말리기가 힘든데, 레바논까지 가세하자 루슬릭으로서는 어쩔 도리가 없었다.

"하아. 따라올 거면 로브나 가져와라. 후드 벗는 순간 버려 버린다."

"역시! 서방은 날 못 이겨."

"한 판 뜰까?"

"됐어요!"

입을 가리고 킥킥 웃으며 루나가 마차에서 내렸다. 아무래도 평소 쓰고 다녔던 로브를 가지러 가는 듯했다.

이마를 탁 짚으며 루슬릭이 한숨을 쉬었다. 그래도 여자라고, 파이온이나 카사크처럼 쥐어 팰 수 없는 게 문제였다.

＊　　　＊　　　＊

소규모로 움직인 덕분인지 이동에는 큰 무리가 없었다. 지름길인 숲을 가로지른 마차는 무척 빠른 속도로 수도로 향했다.

닷새 정도 움직이자 마차는 수도에 도착할 수 있었다.

제라스 왕국은 교통의 요지다.

대륙의 지도상에서 가장 중앙에 가까이 인접한 왕국이기 때문에 수많은 대형 상단과 용병들이 이곳을 거쳐 간다.

때문에 제라스 왕국의 수도를 찾는 사람은 상인이거나 용병인 경우가 많았다. 물론, 용병의 경우에는 비교적 질이 떨어지는 용병이 대부분이었다. 실력이 뛰어난 용병은 제라스 왕국의 수도가 아닌 용병왕국을 찾아가기 때문이었다.

"……시끄러워 죽겠군."

제라스 왕국의 수도를 처음 본 루슬릭의 감상이었다.

많은 나라를 다녔지만, 정작 제라스 왕국의 수도는 처음이었다. 하지만 그 어떤 나라도 용병왕국만큼 소란스럽지는 않았다.

하지만 이곳은 그 소란스러운 용병왕국보다 더 소란스러웠다. 길거리에 돌아다니는 사람들의 대다수가 상인이거나 용병이기때문이기도 했는데, 그보다 상인들은 더욱 시끄러웠다.

대놓고 소리치며 장사하는 잡상인부터 시작해 수십 대의 마차를 요란스럽게 끌며 물품을 가져가는 대형 상단까지.

특히 마차 바퀴 소리나 말발굽 소리는 귀가 아플 정도였다.

"차라리 전쟁터가 조용하겠네."

전쟁터의 시끄러움과는 또 다른 소란스러움이었다. 전쟁이 일상이었던 루슬릭에게는 차라리 전쟁터가 낫겠다 싶을 정도로 이곳은 시끄러웠다.

하지만 그렇다고 기분이 나쁘거나 하지는 않았다.

사람이 죽는 전쟁터와는 달리, 이곳은 사람이 사는 곳이라는 느낌이 강했다.

"시끄러운 것만 빼면… 괜찮은 곳이네."

마차 밖으로 고개를 내밀며 루슬릭은 거리를 구경했다.

턱을 괴며 한참을 창밖을 구경하는 루슬릭을 보며 루나가 레바논에게 귓속말했다.

"서방이 여기가 꽤 마음에 들었나 봐요."

"그런가?"

"네. 사람이 죽지 않으면서 이 정도로 소란스러운 곳은, 아마 여기가 처음일 테니까요."

섬뜩하기 짝이 없는 말이었다. 귓속말로 들으니 더욱 그랬다.

하지만 그렇게 느껴지는 섬뜩함에서 레바논은 루슬릭이 살아온 삶이 얼마나 험한 가시밭이었을지 알 수 있었다.

"쓸데없는 소리 할래?"

"치. 서방이야말로 쓸데없이 귀만 밝아서."

"귀만 밝은 건 아니지. 이것도 좀 튕길 줄 아는데?"

두개골도 부수는 손가락 딱밤이 눈앞에서 아른거리자 루나는 입술을 삐죽 내밀며 입을 다물 수밖에 없었다.

그렇게 루나를 조용히 잠재운 루슬릭은 다시금 창밖을 바라봤다.

그때, 루슬릭의 눈에 익숙한 얼굴들이 보였다.

"……저놈들."

"왜 그래?"

입을 다물게 한지 얼마나 됐다고 다시금 루나가 고개를 불쑥 내밀었다.

그녀는 루슬릭과 같은 얼굴을 발견하고는 눈을 동그랗게 떴다.

"어? 저놈, 렝 밑에 그 찌질이 아냐?"

"맞는 것 같지?"

"웅. 기억 나. 카사크한테 개겼다가 개처럼 처 맞은 놈. 병신 된 줄 알았는데, 아직 멀쩡히 살아 있었네?"

창밖으로는 한 무리의 대형 상단이 지나가고 있었다.

끝이 보이지 않는 긴 행렬의 상단은 수백의 용병으로부터 보호받고 있었다. 용병들은 개개인 모두가 수준이 무척 높아 보였는데, 그럴 수밖에 없는 이유가 그들은 바로 용병왕국의 용병들이었다.

대부분 B급 용병으로 구성되어 있는 일류 용병단.

로열 나이트 용병단인 만큼 실력자들로 구성되어 있는 것은 당연했다.

용병왕국의 용병들은 자신들의 왕국에서 머물지 않고, 타국의 의뢰를 받아들여 대륙 각지로 흩어지곤 했다. 특히 상인들은 어디에나 존재하고, 상인들의 호위 의뢰는 끊이질 않는다.

때문에 로열 나이트 용병단 다섯 중 두 용병단이 상행의 호위 의뢰에 중심을 맞춰 구성되어 있었다.

하지만 아무래도 이상했다.

"렝 녀석은 제2용병단인데?"

렝이 단장으로 있는 제2로열 나이트 용병단은 용병단이라기보다는 정치적인 경향에 초점이 맞추어져 있었다.

렝은 용병왕국의 두뇌라고 할 수 있는 인물이다. 그의 비상한 머리는 어느 나라의 고위 귀족보다 뛰어났고, 싸우는 실력도 발군이라고 할 수 있었다.

하지만 아무리 머리가 뛰어나도 힘이 필요한 경우는 반드시 존재한다. 제2로열 나이트 용병단은 바로 그런 경우를 대비해 존재하는 용병단이었다.

즉, 보통 왕국의 국경수비대와 같은 개념인 것이다.

물론 그들도 용병이다 보니 인력이 부족할 경우 의뢰를 맡기는 한다. 하지만 이 정도 규모의 상단의 의뢰를 맡는 경우는 지금까지 본 적이 없었다.

"개판이군. 그 새끼들, 렝한테 밀렸나?"

"그놈들이 언제 머리 쓴 적 있어? 서방이 없으니 렝이 설치면 설치는 대로 그런가 보다, 하고 내버려 두는 거지. 오히려 렝이 바깥으로 나대면서 자기들 일이 줄어든다고 좋아할걸?"

다른 두 명의 로열 나이트 용병을 떠올리며 루슬릭이 한숨을 푹 쉬었다.

머리까지 근육으로 만들어진 녀석들이니, 충분히 그럴 수도 있겠다 싶었다.

어차피 더 이상 용병왕국과는 상관없는 입장이었지만 예전부터 마음에 들지 않았던 렝이 설치고 다닌다는 게 싫은 루슬릭이었다.

"그냥 무시하고 가자."

"어? 서방이 웬 일이야?"

"괜히 소란 일으켜서 좋을 게 뭐야? 귀찮기만 하지."

창밖의 경치에서 신경을 아예 꺼 버리는 루슬릭을 루나가 톡톡 건드렸다.

"왜?"

"아무래도 귀찮은 일이 생길 것 같은데?"

루슬릭은 그녀의 손가락이 향하는 방향을 바라봤다.

그녀의 손가락 끝은 렝의 수하에게로 향해 있었다. 방금 말한 대로 신경을 꺼버리면 그만이지만, 이번엔 그럴 수 없는 상황이었다.

그들이 호위하는 상단과 루슬릭을 태운 마차가 같은 방향으로 움직이고 있기 때문이었다.

얼굴을 파삭 구기며 루슬릭이 짜증스럽게 중얼거렸다.

"……설마."

*　　*　　*

설마가 사람 잡는다.

결국 루슬릭을 태운 마차는 상단과 같은 방향 그대로 쭉 움직였다. 방향만 같은 게 아니라 아예 목적지까지 똑같았다.

꼴도 보기 싫은 얼굴들을 계속 보아야 했기에 루슬릭의 기분은 썩 좋지 않았다.

그들이 도착한 장소는 수도 한가운데 위치한 거대한 저택이었다.

저택은 거의 작은 성이라고 표현해야 할 정도로 거대했다. 앞마당의 정원은 5분은 넘게 걸어가야 저택의 문을 겨우 두드릴 수 있을 정도였고, 저택 자체만 하더라도 눈이 부실 정도로 벽면이 잘 다듬어져 있었다.

어느 나라건 간에 수도의 땅값은 어마어마하다. 특히 제라스 왕국의 수도는 수많은 상인들이 드나드는 교통의 요지. 우스갯소리로 그곳의 땅을 한 뼘을 사려면 그 정도 크기의 금이 필요하다는 말이 나올 정도였다.

왕국 정계에 발을 뻗기 위해서는 먼저 작더라도 수도에 저택을 가지고 있어야 할 정도. 수도의 저택은 곧 그 귀족의 재력의 상징이었다.

그런 수도의 한가운데 이 정도 크기의 저택을 지을 수 있는 인물이 과연 제라스 왕국에 몇 명이나 존재할까?

루슬릭이 도착한 저택은 제라스 왕국의 재상, 아르만 공작의 저택이었다.

"아, 결국 저 새끼들 끝까지 따라왔네."

이마에 힘줄이 돋으며 루슬릭이 짜증을 토로했다.

부들부들 떨리는 주먹이 금방이라도 때려죽이고 싶다는 듯했지만, 참으라는 레바논의 말 덕인지 티끌만 한 참을성이 빛을 발했다.

목적지에 도착했음에도 의뢰가 끝이 나지 않은 듯, 용병들은 돌아가지 않았다. 한참 짜증을 내던 루슬릭이 긴 한숨과 함께 레바논을 재촉했다.

"얼른 들어가자. 저 새끼들도 아마 저택까지 따라오지는 않겠지."

"그래, 네 상태를 보니 그래야 할 것 같구나."

마차에서 내린 루슬릭과 레바논, 루나는 호위 기사들과 함께 저택으로 들어갔다.

정문에는 집사로 보이는 이가 기다리고 있었다. 멋들어진 신사복을 차려입은 삼십 대 정도의 젊은 귀족이었는데, 레바논은 그에게 초대장을 내밀었다.

"레바논 하츨링 백작이라고 합니다. 아르만 공작 각하의 초대장을 받고 왔습니다만."

"잠시만 기다리십시오."

그는 레바논이 건넨 초대장을 한 번 보더니 초대장 목록을 살펴봤다. 확인이 끝나자 그는 정중히 고개를 숙여 인사했다.

"환영합니다. 저는 이번 파티의 안내를 맡은 라이트 자작이라고 합니다."

"반갑습니다."

자작이라면 결코 낮은 위치의 사람이 아니었다. 레바논이라 하더라도 군소 영지의 귀족들 중 자작급의 귀족들에게는 함부로 대하지 못하고 충분히 예의를 지켰다.

그런데 자작씩이나 되는 인물이 고작 파티의 안내 역할이나 할 정도라면 아르만 공작의 위상이 얼마나 높은지 알 수 있었다.

"그런데 이쪽 분들은……?"

"아, 여기는 동생인 루슬릭이라고 합니다."

"루슬릭이오."

고개만 까닥 숙인 인사. 아무리 백작가의 자제라고는 하나, 백작 본인도 아니었다. 루슬릭이 라이트 자작에게 하는 행동은 충분히 무례하다고 볼 수 있었다.

하지만 오랜 세월 용병으로 살아온 루슬릭에게는 이런 인사가 자연스럽게 몸에 베여 있었다. 용병들의 세계는 약하면

잡아먹히는 곳이다. 그런 곳에서 허리 인사는 그야말로 날 잡
아먹어라 하는 것과 같았다.

예의 없는 인사에도 불구하고 라이트 자작은 여유로운 미
소를 잃지 않았다. 그는 루슬릭과 같이 고개를 조금 숙이는
정도로 마주 인사하는 기지를 발휘했다.

자신의 위신을 잃지 않으며, 상대와의 시비를 피하는 자세.

꽤 오랫동안 다른 귀족들을 상대해 온 라이트 자작의 노련
함이 엿보이는 순간이었다.

"저놈들은 뭐지?"

라이트 자작은 루슬릭의 턱짓이 향하는 방향으로 시선을
돌렸다.

그곳에는 막 도착한 상단이 가지고 온 물품을 나르고 있었
다.

"이번 파티에 사용될 물품들이오."

"양이 꽤 많은데?"

"당연하지 않소? 대륙 각지의 귀족들이 모이는 자리인데.
게다가 아르만 공작 각하께서 주최하는 파티가 아니오?"

"⋯⋯돈지랄 한번 성대하게 하는군."

"말이 심하구려."

고작해야 하루, 이틀 정도 즐기는 자리에 저 정도의 물품이
필요할 것 같지는 않았다.

아마도 어마어마한 양의 귀한 술과 생전 처음 보는 각지의 맛있는 음식들이 차려질 것이다. 귀족들은 그것을 먹고 마시며 떠들고 즐긴다. 그리고 하루, 이틀 파티가 지나가고 남은 물품들은 그대로 버려진다.

성대한 돈지랄.

루슬릭의 표현은 어디 하나 틀리지 않았다.

"아까부터 거슬렸지만 참고 있었소만. 초면에 너무 무례한 것 아니오? 아무리 그대가 백작 가문의 직계 후손이라지만, 난 정식 자작이고 또한 나이도……."

"내 나이 마흔. 넌?"

"……."

루슬릭의 나이를 처음 들은 사람은 늘 입을 다물었다.

라이트 자작이라고 해서 다르지 않았다. 그는 이걸 어떻게 받아들여야 하나 찰나 동안 머릿속으로 수없이 생각했다.

거짓말일까, 하는 생각도 들었지만 조사하면 다 나온다. 어린애도 아니고서야 나이 가지고 장난을 칠 리 없었다.

"진짜… 마흔?"

"그래, 내가 형이다, 새꺄. 까불래?"

"이익!"

이를 악물어 보지만 먼저 나이를 걸고넘어진 사람은 라이트 자작이었다. 그는 할 말이 없어 부르르 떨리는 입매만 실룩거렸다.

그때, 상단의 호위를 책임지고 있던 용병 단장이 라이트 자작에게로 다가왔다.

"상단에 물어보니 이쪽에 요구하면 숙소를 제공해 줄 것이라던데, 사실입니까?"

루슬릭과의 대화를 벗어날 수 있다는 생각에 라이트 자작이 화색을 띠었다.

"물론이오. 우선 자세한 용병단 소속과 이름을……."

"제2로열 나이트 용병단 소속. 3번대 부단장, 스테반."

엉뚱한 곳에서 대답이 들려오자 두 사람은 깜짝 놀라 뒤를 돌아봤다.

그곳에는 루슬릭이 건들거리며 스테반이라는 용병을 향해 걸어가고 있었다.

"맞냐? 기억이 가물가물하네."

"……맞다."

"아, 그래? 잠깐만 형. 어째 반가운 얼굴을 만났는데, 진하게 이야기 좀 하고 올게."

"얼마나 걸리겠느냐?"

"얼마 안 걸려."

루슬릭이 손가락을 까닥거리며 비웃듯 말했다.

"따라 와라. 삼 초 준다."

삼 초 뒤에 대체 무슨 일이 벌어지겠는가? 그것은 루슬릭을 조금이라도 아는 사람이라면 뻔했다.

스테반은 머리를 쥐어뜯으며 루슬릭의 뒤를 따라갔다. 그리고 그런 스테반의 뒤를 후드를 눌러쓴 루나가 따랐다.

정원의 구석. 사람들의 눈길이 크게 닿지 않는 곳이었다. 루슬릭은 스테반이 순순히 따라왔다는 사실이 미심쩍었다.

"못 알아볼 뻔했다. 카사크한테 처 맞은 얼굴은 이제 멀쩡하냐?"

뻔히 멀쩡한 얼굴을 보면서 과거의 일을 들추는 루슬릭의 말은 명백한 시비였다. 보통 용병이라면 이런 시비에 그냥 참고 넘어가지 않을 것이다.

하지만 스테반은 전혀 화난 표정이 아니었다. 오히려 루슬릭의 얼굴을 똑바로 마주하며 떨리는 음성으로 물었다.

"네가 왜 여기 있는 거지?"

"초대받았으니까. 그러는 넌?"

"난 의뢰를 받았다. 상단을 호위해 달라는……."

"그 의뢰를 왜 너희가 받지? 대형 상단의 의뢰는 제4, 제5로열 나이트 용병단의 일일 텐데?"

대답하기 곤란한지 스테반은 입을 우물거렸다.

"그건……."

"그보다 아까부터 신경 쓰이는데… 왜 반말이냐?"

"알다시피 내 나이가……."

"지랄하네. 나이만 많으면 넌 용병왕한테도 반말 깔래?"

억지였다.

방금 전까지만 해도 라이트 자작에게 나이를 빌미로 말을 놓았던 루슬릭이 할 말은 절대 아니었다. 하지만 어차피 스테반은 그 대화를 듣지 못했고, 결국 그의 말대로 용병들끼리는 강한 사람의 반말은 넘어가게 되어 있었다.

물론 그렇다고 나이 문제나 용병으로 활동한 선, 후배간의 관계가 완전히 무시되는 것은 아니었다. 하지만 용병으로 활동한 시기로만 보더라도 루슬릭이 스테반보다 더 빨랐다. 결국 나이 외에는 스테반이 루슬릭보다 나은 게 하나도 없는 셈이다.

꼬리 만 강아지처럼 아무 말도 못하는 스테반을 보며 루슬릭이 흡족한 표정을 지었다.

처음부터 기를 죽이고 시작하는 쪽이 이야기를 할 때 편했다.

"렝은 대체 무슨 생각이냐?"

"모른다."

"끝까지 반말인 건 대화 다 끝나면 뒈지기 직전까지 맞도록 하고. 정말 몰라?"

"……모른다."

"상행 호위 의뢰는 제4, 5로열 나이트 용병단에 영감님이 내린 역할이야. 알다시피 모든 로열 나이트 용병단에는 각자만의 역할이 있어. 그 역할과 필요성이 사라지는 순간, 로열 나이트 용병단은 그대로 해체된다고 해도 이상할 건 없지."

제1로열 나이트 용병단은 전쟁 의뢰를,

제2로열 나이트 용병단은 국방 수비대 역할을,

제3로열 나이트 용병단은 타국의 용병 지부의 관리를,

제4, 5로열 나이트 용병단은 대륙 각지에 흩어져 있는 상단의 호위 의뢰를.

이렇듯 모든 로열 나이트 용병단에는 적절하게 역할이 분배되어 있었다. 이렇다 할 전쟁이 없고 중심이라고 할 수 있었던 루슬릭이 사라진 지금에는 제1로열 나이트 용병단이 사라지고 그 용병단이 제2로열 나이트 용병단으로 편입되었다.

제1로열 나이트 용병단의 사례. 이것은 용병단의 역할이 사라지면 그 용병단 자체가 사라질 수 있음을 의미했다. 국방 수비대의 경우에는 국가를 지킬 필요가 없어질 리 없으니 존재 유무가 확실하지만, 제4, 5로열 나이트 용병단은 그렇지 않다.

만약 상단의 호위 의뢰가 줄어들거나 한다면 굳이 큰돈을 들이면서까지 용병단을 계속 유지시킬 필요가 없는 것이다.

그리고 그렇게 되면 가장 이득을 보는 사람은 한 명이었다.

"제1로열 나이트 용병단이 사라진 틈을 타, 다른 용병단까지 꿀꺽할 셈인가?"

"……."

"아니면 다른 목적이 있는 건가? 가령 예를 들어, 모든 로열 나이트 용병단을 전쟁 용병단으로 만들 생각이라든가."

내내 입을 굳게 다물고 있던 스테반의 표정이 눈에 띄게 변했다.

혹시나 하고 있었지만 예상대로였다.

스테반은 렝의 직속 수하였다. 관계로만 따지면 루슬릭과 루나, 파이온과 같은 단장과 직속 단원의 관계.

당연히 가까이 있는 만큼 아는 게 많을 수밖에 없었다.

자신의 예상이 맞았다는 확신이 들자, 루슬릭의 표정은 더욱 불편해졌다.

아무리 떠났다고 해도 신경이 쓰일 수밖에 없는 곳이다. 다섯 개의 거대한 용병단으로 완벽한 체계를 갖추고 있다고 생각했는데, 그 체계가 오직 전쟁만을 위해 바뀌고 있었다.

용병왕이 루슬릭을 간절히 원했던 이유.

알고는 있었지만, 그 이유를 더욱 확실히 알게 되었다.

루슬릭이라는 사람은 한 명의 평범한 인간으로는 밑바닥이었지만 용병으로서는 일류라고 칭해도 과언이 아니다.

하지만 용병으로서, 그것도 전쟁에 있어서만큼은 일류를

넘어 최고라는 말을 서슴없이 붙여도 부끄럽지 않았다.

한 명의 사람으로서도, 용병으로서도, 왕으로서도 최고인 용병왕이지만 오직 전쟁에 있어서만큼은 루슬릭이 그보다 더 뛰어났다.

"빌어먹을 영감. 진짜로 할 생각이긴 한가 보네."

머리를 벅벅 긁으며 짜증을 낸 루슬릭이 스테반을 향해 손을 뻗었다.

"두 번쯤 생각해 봤는데, 넌 일단 죽는 게 낫겠다. 괜히 렝 녀석 밑으로 돌아가서 쓸데없는 짓 하고 다니는 것보다는."

"자, 잠깐! 이게 무슨 짓……."

"나도 미안하게 생각해. 그런데 어쩌겠어? 사람 마음만큼 가벼운 것도 없다잖아?"

"이익!"

서둘러 자리를 피하려 했지만 그 순간 루슬릭의 손이 스테반의 목을 움켜쥐었다. 나름대로 스테반이 발악해 보겠다고 허리춤으로 손을 가져간 순간이었다.

뿌득—

뼈가 분질러지는 소리와 함께 스테반의 목이 기괴한 방향으로 꺾였다.

목에서 손을 떼자 절명한 스테반의 몸이 그대로 허물어졌다.

"이게 대체 무슨 소리야 서방?"

"무슨 소리긴. 옆에서 듣고도 몰라? 개소리지."

"그건 왈왈 멍멍이고. 똑바로 말해."

"대륙이라는 밥상이 뒤집어지는 소리다. 됐냐?"

"아하, 이해했어."

정말 이해를 한 것이 맞는지 루나의 표정은 너무나 평온했다.

이상한 동물 보듯 자신을 보는 시선에 루나는 해맑게 웃어 보였다.

"어차피 얼마 전까진 일상이었잖아. 뭐가 달라져?"

"……뭐, 생각해 보니 그건 그러네."

요즘이 이상한 것이지, 불과 몇 달 전까지만 해도 전쟁터는 일상이었다.

달라진 건 없다. 달라진 건 마음가짐, 그리고 전쟁터라는 공간이 확대되었을 뿐이다.

"누굴 걱정하는 거야, 서방? 혹시 그 영감 걱정이야?"

"뭐, 부정은 못하겠다. 그래도 꽤 오래 얼굴 부대끼며 잔정 미운정도 쌓였고."

용병왕은 루슬릭을 처음 보았을 때부터 꽤 마음에 들어 했다.

그 당시 이십 대 후반 정도였던 루슬릭을 용병왕이 직접 지도했다. 그는 용병으로서의 기술과 검술, 그리고 살아남기 위한 모든 기술을 가르쳤다.

어쩌면 지금의 루슬릭이 있을 수 있었던 이유도 용병왕 덕분이라고 할 수 있을지 모른다. 그의 가르침이 아니었다면 이렇게 빨리 강해질 수 없었을 테니 말이다.

"그럼 용병왕국 편에서 싸울 거야?"

루나의 질문에 루슬릭은 생각도 않고 고개를 저었다.

"아니."

"왜?"

"네가 나라면, 돌아가겠냐?"

당연한 질문에 그녀는 당연하게 대답했다.

"미쳤어? 내가 왜?"

"그래서야. 그 대답이 파이온이나 카사크라고 해서 다르겠냐?"

전쟁에 뛰어난 능력을 발휘하는 것과 전쟁터를 좋아하는 것과는 확실히 다르다. 좋아하는 것과 잘하는 것은 비례하지만, 단 하나 예외적으로 전쟁은 아니었다.

파이온이나 카사크나 루나나, 거의 모든 전쟁 용병들은 코가 잘못 꿰여서 전쟁 용병이 된 경우였다. 혹은 정말 급하게 돈을 모을 필요성이 있거나 말이다.

만약 지금 다시 예전으로 돌아간다면 그러겠다고 할 사람은 아무도 없을 것이다. 카사크 역시 용병단이 해체된 이후 용병을 그만두지는 않았지만 전쟁 의뢰는 전혀 생각도 하지 않았었다.

"눈 한 번 꼭 감고 다시 돌아갈 수도 있지만, 안 되지. 니들이 있는데."

"다른 놈들은 몰라도, 난 어디까지든 따라갈 거야."

루나는 다 알았지만 하나만 몰랐다.

루슬릭이 진짜로 걱정하는 게 무엇인지.

"⋯⋯그래서야."

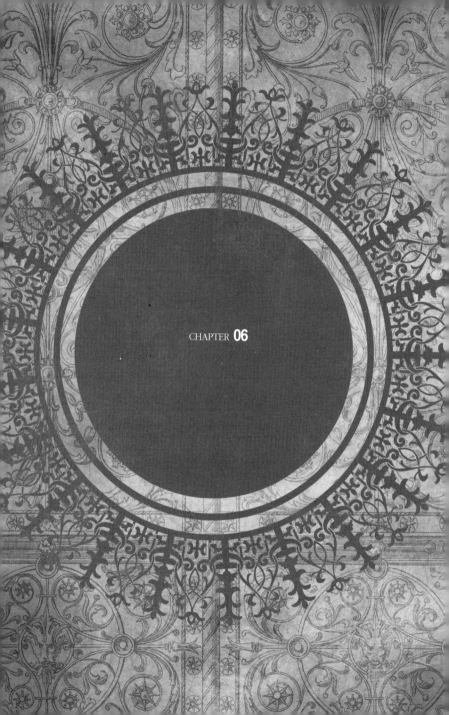

CHAPTER 06

"대체 무슨 짓을 한 게냐?"

귀를 쭉 잡아당기며 언성을 높이는 레바논에게 루슬릭은 아무 말도 할 수 없었다.

지은 죄가 있으니 조용히 있을 수밖에.

"아, 글쎄 그놈이 먼저 덤볐다니까."

"어떻게 평화적으로 해결할 수는 없었던 것이냐?"

"평화적으로? 푸하하하하핫! 형, 그 말 진짜 웃겼어. 아, 눈물 나."

배를 잡고 뒹굴며 웃는 루슬릭을 보며 레바논은 그의 머릿

속에 평화적이라는 단어 자체가 존재하지 않음을 알 수 있었다.

두 사람이 머물고 있는 방은 아르만 공작의 저택 안이었다.

애초에 한 사람을 위해 만들어진 저택이 아닌 듯, 손님이 기거할 수 있는 방이 무수히 많이 존재했다.

다짜고짜 손님으로 온 상행의 호위 용병단 단장을 루슬릭이 죽여 버린 탓에 일이 잘못되나 싶던 차였다. 그 잘못을 상단이 따지고 들었다면 일이 크게 꼬일 뻔했는데, 다행히도 그런 일은 일어나지 않았다.

용병들끼리의 불화로 한 사람이 죽는 것은 특별한 경우가 아니고서는 죄를 묻지 않는 게 바로 불문율. 물론, 그 용병이 선금이 지급되는 의뢰를 하는 중이었다면 용병을 고용한 고용주로서 따질 자격이 있었다.

아무래도 상단은 이런 일로 하슬링 백작가와 다투고 싶지 않았던 모양이었다. 알아보니 그 상단은 동부와 수도를 오고 가는 제라스 왕국 동부 제일의 상단이었다.

아무래도 하슬링 백작가의 영향을 가장 크게 받는 상단이니만큼 좋은 이점으로 작용했으리라.

"이번이야 운이 좋아서 넘어갔다지만 다음부터는 제발 대화로 끝내자꾸나."

"운? 아니야. 내가 잘나서지. 원래 될 놈은 뭘 해도 되거든."

"……그 잘난 동생 덕에 이 형의 머리가 깨질 것 같으니, 제발 부탁한다."

길고 깊은 한숨을 내쉬며 레바논이 높은 천장을 바라봤다. 어쩐지 시작부터 꼬이더라니, 이번 여정은 상당히 피곤할 것 같았다.

"그나저나 네 애인이 괜찮을지 모르겠구나. 호위 기사들과 같은 방을 배정받았는데……."

"아, 맞다. 그걸 생각 못했네."

이제 생각났다는 듯 루슬릭이 침대에서 벌떡 일어났다. 그러더니 이내 다시 발라당 뒤로 넘어가며 몸을 뒤집었다.

"모르겠다. 알아서들 하겠지."

"정말 괜찮겠느냐? 여자 한 명, 그것도 그녀처럼 아름다운 여자가 남자 넷과 같은 방인데."

"어, 뭐야? 그게 문제였어? 뭐야. 그런 거면 걱정하지 마. 그놈들 실력에 뒤지려고 누굴 건드려?"

콰당탕탕—

쿵—!

"서방, 나 왔어!"

"내가 걱정한 건 저거였어."

다짜고짜 문을 열어젖힌 그녀의 옷에는 누구의 것인지 모를 피가 묻어 있었다. 평소와 다름없이 씩씩하고 활발한 것을 봐서는 그녀의 피는 아닌 듯했다.

"그새를 못 참고 또 누굴 죽였어? 그 피는 또 뭐야?"

"왜 말을 그렇게 해? 내가 무슨 마녀야?"

"마녀보다 더하면 더했지."

무슨 말을 어떻게 떠들든 상관없는 듯 루나는 깡충 뛰어오더니 루슬릭이 누워 있는 침대로 올라왔다.

어느 남자라도 그녀와 같은 침대에 있다는 사실 하나만으로도 심장이 뛸 텐데, 루슬릭은 마치 눈앞의 벌레를 쫓는 것마냥 손을 휘휘 저었다.

"저리 가라. 나 잔다."

"놀아줘, 서방. 오랜만에 몸이나 좀 풀자."

"해가 중천에 떴는데 무슨 개소리야? 자고 나서, 이따 밤에 상대해 줄게. 몸에 묻은 피나 닦고 와."

낯선 곳에서 대낮부터 퍼질러 잔다는 루슬릭이나, 어디선가 피를 묻히고 와서는 놀아달라는 루나나, 레바논이 보기엔 정상의 범주에서 심각하게 많이 벗어나 있었다.

"잠깐. 농담할 때가 아니라, 진짜 그 피는 무엇이냐? 설마 진짜로 호위 기사들이……."

"아, 맞다. 아주버님, 그 새끼들 고자예요? 어떻게 나랑 한 방에 있으면서 그러지?"

그 어느 여자보다 예쁜 그녀였지만, 그녀는 스스로가 그 사실을 너무 잘 알고 있었다. 게다가 겸손을 모르는 터라 조금만 삐뚤어진 시각으로 보면 조금 재수가 없을 정도였다.

"고자는 무슨. 얼굴이 예뻐 봤자 가슴이 그거밖에…… 컥!"

"닥쳐, 이 진짜 고자 서방아!"

나른하게 침대에 누워 있던 루슬릭은 살기라고는 눈곱만큼도 없는 루나의 발차기에 얼굴을 걸어차이고는 입을 다물었다.

결국 대화의 내용을 들어보면 루나의 몸에 묻은 피는 그녀의 것도, 호위 기사들의 것도 아니었다.

하지만 오히려 그것이 더 불안했다.

"그럼 대체 그건 누구 피더냐?"

"몰라요. 오다가 어떤 꼬맹이가 저 보더니 갑자기 이름이랑 나이, 어느 가문인지 어디서 왔는지 이것저것 물어봐서 닥치고 꺼지라고 했더니 막 칼을 들고 덤비잖아요. 그래서 주먹으로 마빡을 기냥, 확!"

주먹을 치켜들며 때리는 시늉을 하는 그녀의 모습은 가슴이 두근거릴 정도로 귀여웠다.

하지만 그 주먹이 바위도 부순다는 것을 아는 루슬릭에게는 얻어맞은 꼬맹이가 불쌍할 따름이었다.

"죽었겠네. 이렇게 한 명 철없고 죄 없는 생명이 뒈졌구나."

"이건 정당방위야. 먼저 칼 들고 덤빈 건 그 녀석이라고."

"네가 애들이랑 놀 짬이냐? 그나저나, 내가 말했지? 너 후드 안 쓰고 돌아다니다 일 벌리면 보쌈해서 보내 버린다고."

이미 사고를 내버린 루나는 찔끔하며 고개를 숙였다.

"아, 아직 일은 안 벌어졌잖아."

레바논의 입장에서는 사람 죽은 것보다 더 큰일이 어디 있나 싶었다.

"뭐, 그건 그러네. 근데 그놈 확실히 죽은 거 맞아? 어정쩡하게 안 죽고 살아 있으면 더 골치 아픈데."

"그런가? 기왕 때린 거, 확인 사살도 좀 할걸 그랬나?"

"……."

이해할 수 없는 사고방식을 가진 두 사람 사이에 낀 레바논은 혼란스러운 기분이었다.

이미 벌어진 일, 잘 마무리되기만을 바랄 수밖에 없었다. 루슬릭은 루나가 침대 안으로 들어오든 말든 달콤한 잠을 청하려 베개를 머리 밑으로 당겼다.

쾅—!

"이 쌍년, 당장 튀어 나와!"

시끄러운 소리에 루슬릭이 벌떡 일어나 몸을 날렸다.

"아오, 시발!"

　　　　*　　　*　　　*

퉁—

어디선가 가져온 막대 몽둥이로 바닥을 짚으며 루슬럭이 물었다.

"꼬맹아. 네가 뭘 잘못했니?"

"자, 잘못했습니다."

"그러니까 뭘?"

"그냥 다 잘못했습니다."

"한 번만 더 묻는다. 그러니까 뭐~얼?"

사근사근 웃으며 이제 열다섯이나 되어 보이는 아이를 괴롭히는 루슬럭의 모습은 길거리 동네 무서운 형 같았다.

하지만 그 동네 무서운 형의 뒤쪽으로는 기절한 열 명의 기사가 일자로 쓰러져 있으니, 그냥 동네 무서운 형이라기엔 어처구니없다.

"저, 저 누나에게 치근거린 거요."

"다시 말해볼래?"

"저, 저 누나에게……."

"다시."

"누나에게……."

"아니, 이 멍청한 새꺄, 네가 내 낮잠 방해했잖아."

지극히 개인적인, 그리고 소심한 이유로 기사들을 기절시키고 오금이 저릴 정도로 무섭게 군 루슬릭이었다.

자다가 일어나서 몸을 움직인 루슬릭은 찌뿌듯한 몸을 이리저리 움직였다.

"그래, 너 이름이 뭐냐?"

"페, 페릴 비 셸 아르만입니다."

다른 이름은 들리지도 않았다.

모두의 귀에 들린 이름은 아이의 이름이 페릴이라는 것보다는 그 뒤의 '아르만'이라는 성이었다.

"아, 아르만!"

특히 이 자리에 모인 이들 중 가장 정상적인 사고의 귀족인 레바논은 경악성까지 터뜨렸다.

아르만이 붙는 성이라면 아이의 정체는 뻔하디뻔했다.

아르만 공작의 아들.

조금만 생각해 보면 페릴의 정체는 쉽게 눈치챌 수 있었다.

이곳은 아르만 공작의 저택이었다. 그런 곳에서 여자에게 치근거릴 베짱이 있으며 십여 명의 호위 기사를 움직일 수 있는 사람이라면 아르만 공작가의 사람밖에 없었다.

이제 다 끝났다는 생각에 레바논은 한숨과 함께 바닥에 주저앉았다. 아무리 그가 동부의 패자가 되었다고 해도 아르만 공작에게 찍힌다면 바람 앞에 날아갈 작은 촛불 정도에 불과

했다.

"뭐야? 아르만 공작, 일국의 천재 재상이라더니 애새끼 한 명 제대로 못 키우네."

"아버지를 욕하지 마라!"

"반말?"

"마세요."

고분고분한 태도가 마음에 드는 듯 루슬릭이 고개를 끄덕였다. 턱을 한 손으로 받치는 루슬릭에게 레바논이 애처로운 음성으로 말했다.

"어떻게 할 테냐?"

"일은 터졌고, 루나 이 새끼만 보쌈해서 보내 버려야지."

"이 빌어먹을 꼬맹이!"

손을 확 치켜들며 루나가 씩씩거렸다.

페릴 때문에 자신이 다시 하츨링 백작령으로 돌아가야 한다는 사실이 무척 억울한 모양이었다.

하지만 레바논은 고작 루나를 보쌈해서 보내 버린다는 대답을 들으려고 물었던 것이 아니었다.

"보통 일이 아니다. 잘못하면 하츨링 백작가가 끝장 날 수도 있어."

"알아. 그래서 나도 지금 생각 중이잖아."

"무슨 생각? 뭔가 좋은 수라도 있는 게냐?"

페릴의 뒷덜미를 잡아 번쩍 들어 올리며 루슬릭이 방을 나섰다.

"뭐, 일단 아르만 공작이라는 그 양반부터 만나봐야지."

＊　　＊　　＊

아르만 공작의 저택의 집무실은 업무를 보는 곳이라기엔 지나치게 넓었다.

어지간한 가구는 빠짐없이 들어서 있는데도 뛰어도 될 정도로 사방이 탁 트여 있었다.

아르만 공작은 사색을 좋아했다. 대부분의 일처리는 아래의 귀족들이 도맡아서 했고, 그는 집무실 창밖으로 보이는 정원과 저 멀리 보이는 분주한 사람들을 보는 것을 즐겼다.

똑똑—

"공작 각하. 손님이 오셨습니다."

"말하기 전까지는 아무도 들이지 말라고 했을 텐데?"

창밖을 보며 사색에 잠겨 있던 아르만 공작은 불쑥 찾아온 손님에 눈썹을 기역자로 그렸다.

다른 때라면 몰라도 그는 한가한 대낮에 즐기는 이 시간은 절대 방해받고 싶지 않았다. 그래서 미리 밖의 수하에게도 국왕폐하가 오지 않는 이상 아무도 들이지 말라고 해놓았다.

아르만 공작의 목소리에 날이 서 있다는 것을 알았는지 밖에서 보고를 올리는 수하가 조금 떨리는 음성으로 말했다.

"그, 그게 페릴 공자님께서……."

"돌아가라고 하여라."

"인질로 잡히셨습니다."

막 찻잔을 입으로 가져가던 아르만 공작이 멈칫했다.

"인질?"

"아니요. 글쎄, 인질이라고 하기엔 애매하고… 아무튼 이상합니다."

문을 사이에 두고 보이는 게 없으니 답답했다. 하긴, 수하도 멍청하지 않은 이상 보통 큰일이 아니고서는 자신을 부르지 않았을 것이다.

고민하던 아르만 공작은 결국 찻잔을 내려놓았다. 차분한 시간이 날아간 것 같아 기분이 별로였다.

"들어오거라."

문이 열리고, 익숙한 얼굴이 가장 먼저 집무실 안으로 들어왔다.

바로 페릴이었다.

페릴은 그에게 단 하나밖에 없는 손자였다. 아르만 공작에게는 아들은 없고 딸이 한 명 있었는데, 그 딸이 낳은 첫 번째 아들이 바로 페릴이었다.

아들은 없고 딸만 있었던 아르만 공작에게 페릴은 눈에 넣어도 아프지 않은 존재였다. 어찌나 애지중지 아꼈는지 해주지 않은 걸 찾기가 더 어려울 정도였다.

하지만 아르만 공작은 그 귀여운 손자의 얼굴에도 마냥 반가워할 수가 없었다.

그 이유는 페릴이 집무실로 제 발로 들어온 게 아니기 때문이었다.

페릴은 누군가에게 뒷덜미를 잡힌 상태로 마치 물건마냥 안으로 들어왔다. 아르만 공작은 아들인 페릴의 얼굴보다도 자신의 아들을 물건마냥 들고 있는 누군가를 바라봤다.

"네놈은 무엇이냐?"

"루슬릭이라고 합니다. 어지간해서는 말 잘 안 높이는데, 나이가 좀 있어 보이시니 특별 대우해 드리죠."

"……말하는 게 어리군. 못 배운 귀족의 자제인가?"

"못 배운 귀족의 자제는 이쪽인 것 같습니다만?"

쿵—

짐짝 버리듯 바닥에 페릴을 내던진 루슬릭은 뒤따라온 루나를 아르만 공작에게 소개했다.

"이 녀석이 여기 이 여인을 희롱했습니다."

"무서웠어요."

홀쩍 눈물까지 흘리며 루나가 애처롭게 울었다. 오들오들

떨며 눈물 흘리는 그녀의 모습은 어느 남자라도 가엾다 생각하지 않을 수 없었다.

아무리 냉정하기로 유명한 아르만 공작이라 해도 그 사실은 변함이 없었다. 다만, 그는 루나의 모습에 흔들리기만 하지 않고 신중히 상황을 파악했다.

"페릴. 저 말이 진짜더냐?"

"말도 안 됩니다, 할아버님! 저 여자는 일당백의 개차반 싸움꾼으로, 맨손으로 제 이마를 이렇게……."

"어머, 이 개새끼가 뭐라고? 개차반 싸움꾼?"

호호하며 웃음 짓던 그녀가 성질을 들어냈다. 바보가 아니고서야 방금 전까지의 그녀의 눈물이 연기라는 것을 알 수 있었다.

하지만 루슬릭과 루나를 보는 아르만 공작은 그들의 말이 꼭 거짓말 같지만은 않았다.

일단 루나를 희롱했다는 사실 자체가 충분히 있을 수 있는 일이었다. 여자에 관심이 없는 남자라도 몇 번씩 돌아보게 할 만큼 아름답고 매력적이었다.

페릴은 머리도 비상하고 수하들에게도 신임을 얻을 만큼 인덕도 있었지만 여자 문제에 관해서는 썩 좋다고 볼 수 없었다. 아름다운 여자라면 꼭 한 번쯤 말을 걸어보고, 심지어 희롱까지 했던 적도 있었다.

그때마다 아르만 공작은 페릴의 잘못을 덮어주었다. 그렇게 몇 번씩 이 일이 반복되다 보니 페릴의 그 성격은 고쳐지지 않았다.

"……손자 녀석이 잘못을 저지른 것 같군."

"뭐, 괜찮습니다."

"이 일은 그냥 넘어가도록 하지. 페릴의 잘못도 없지 않겠지만, 이 녀석도 꽤 다친 것 같으니."

"마음대로요."

안 되면 말고, 라는 심정으로 왔는데 생각보다 아르만 공작이 순순히 넘어갔다. 그는 진심으로 페릴의 잘못을 인정하고 있었다.

높은 자리에 있는 사람일수록 잘못을 인정하기가 쉽지 않은 법이다. 당장 그 예로 루슬릭만 하더라도 자신의 힘을 너무 믿는 나머지 이젠 말로 편하게 푸는 방법보다는 힘으로 찍어 누르는 편이었다. 거칠고 예의 없는 말투는 실력에서 나오는 자신감의 표현이었다.

하지만 아르만 공작은 일국의 재상이라는 지고한 자리에 있으면서도 잘못을 인정할 줄 알았다. 자존심이란 자리와 함께 커지는 괴물이라 그것을 제어하기 쉽지 않은데 말이다.

"신기하네요. 당신 같은 사람 밑에서, 어떻게 이런 똥오줌 못 가누는 애새끼가 나왔는지."

"……다 내가 잘못 가르친 탓이지."

"아, 아닙니다. 할아버지!"

"조용히 있거라."

낮고 위엄 있는 목소리.

꽥꽥거리던 페릴의 입이 단숨에 닫혔다.

아르만 공작은 루슬릭과 루나를 한 번씩 번갈아보다가 루슬릭의 앞에서 눈을 멈췄다.

"자네도 보통 사람은 아니군."

"역시. 눈썰미는 나쁘지 않으시네."

"이 자리까지 오기 위해 가장 필요한 능력이 바로 사람 보는 눈이지. 참 신기하게도 난 누군가를 보면 그가 뭐 하는 사람인지 대충 감이 오네. 소심하고 활발하고, 비겁하고 용감하고, 야비하고 당당하고, 약하고 강하고. 사람의 종류는 이런 것들로 수없이 나뉠 수 있어."

"그래서, 저는 뭐 하는 사람입니까?"

"보이지가 않아. 엄청 큰 거인 같기도 하고, 보통 사람과 다를 바 없어 보이기도 하고. 때로는 시장 잡배처럼 보이기도 하는군. 대체 자네 뭐 하는 사람인가?"

사람을 보는 눈은 타고나는 것도 있지만 오랜 연륜과 경험으로 인해 만들어지는 것이다.

아르만 공작은 어릴 적부터 중앙 정계로 뛰어들어 수많은 사람을 만나왔다. 청렴한 귀족과 뒤가 구린 귀족들, 왕족들부터 시작해 저 밑바닥의 거지들과 깡패나 다름없다는 E급 용병들도 만났다.

실로 만나보지 않은 종류의 사람이 없다 싶을 정도로 그는 많은 사람을 만나왔다. 그러다 보니 서서히 사람이 보이기 시작했다.

아르만 공작의 앞에 서면 벌거숭이가 된다. 풍문처럼, 농담처럼 퍼진 이 말이 꼭 거짓만은 아니었다.

그런 그가 정확히 어떤 사람인지도 아니고 대강이라도 뭐 하는 사람인지조차 알 수 없는 사람을 만났다. 아르만 공작의 눈에 루슬릭은 세상 모든 사람이 다 섞여 보였다.

어떻게 대답해 줘야 할까 고민하던 루슬릭은 끝내 적절한 대답을 찾아냈다.

"당신이 생각지도 못한 세상을 살아온 사람."

"……아!"

그럴 수도 있겠다는 생각이 들었다.

그는 자신이 세상 모든 사람을 겪어보았다고 생각했다. 그리고 세상 모든 것을 다 알고 있고, 모든 근심 걱정 고통을 다 알고 있다고 생각했다.

그것은 자만이었다. 일국의 재상이라는 높은 자리에 올라, 자신이 모르는 것 따위는 없으리라 생각한.

하지만 수십 년 만에 아무것도 보이지 않는 사람을 만나보니, 그런 세상이 있을 수도 있다는 생각이 들었다.

생각지도 못하는 세상에서 생각지도 못하는 삶을 살아온 사람.

그게 바로 루슬릭이라는 사람이었다.

"이름이 뭐지?"

"루슬릭 폰 하츨링."

"하츨링 백작가의 사람이었나?"

"그리고 용병이기도 합니다."

덧붙인 말에 아르만 공작은 드디어 자신이 왜 루슬릭에 대해 알지 못했는지 알 수 있었다.

귀족으로 태어나, 용병으로 살아온 사람.

게다가 아마 용병으로서도 보통 이상의 특별한 삶을 살았을 것이다.

"국왕 폐하께서 왜 그런 계획을 하시는지 이제 조금 알 것 같군."

"예?"

"아닐세. 하츨링 백작가의 사람이라면 조만간 파티에서 만나겠군."

"용병 노릇만 하고 다녀서 귀족들의 파티는 잘 모릅니다만."

사실 루슬릭은 레바논을 따라 온 것뿐이지 파티에 참석할 생각은 그리 없었다. 동부 지역에서는 이렇다 할 귀족들의 파티가 별로 없어 루슬릭은 파티라는 것을 말로만 들었지 겪어 본 적이 없었다.

　하지만 대강 그림은 그려졌다. 먹고 마시고, 떠드는 자리. 루슬릭은 그런 자리를 그리 즐기지 않았다.

　모르는 사람과 먹고 떠는 게 즐거울까?

　분명 즐거운 사람도 있긴 있을 것이다. 하지만 루슬릭은 아니었다. 그는 친해진 사람과의 자리를 좋아할 뿐, 새로운 사람을 굳이 찾아 나서지는 않았다.

　"뭐, 기분 내키면 참석은 하겠습니다."

　"그래. 그럼 그때 보지."

　"……참석 안 할 수도 있다는 소리였습니다."

　작게 고개를 숙이는 것으로 인사를 마무리한 루슬릭은 루나와 함께 집무실을 나왔다.

　루슬릭이 시야에서 사라진 자리를 바라보며 아르만 공작이 의미심장하게 웃었다.

　"아니. 자넨 나와 꼭 다시 보게 될 거네."

＊　　　＊　　　＊

아르만 공작의 저택에는 제라스 왕국은 물론, 대륙 각지에서 유명한 귀족들로 가득했다.

그들은 모두 아르만 공작가에서 주최하는 파티에 참석하고자 초대장을 받고 날아온 사람들이었다. 아르만 공작가에서는 오 년에 한 번씩 정기적으로 파티를 주최하는데, 그 파티의 목적은 단순하게도 친목 도모 정도였다.

하지만 단순히 친목을 다지는 자리라고 하기에는 자리의 규모가 너무나도 방대했고, 모이는 사람의 질도 높았다.

한 명 한 명이 모두 각 지방에서 떠오르는 신흥 귀족이거나 수도의 유명한 귀족들. 간혹 아르만 공작과 친한 타국의 귀족들도 참석하기도 했다.

파티에 참여해서 한 명과 친해지기만 해도 남는 장사인 것이다. 때문에 이 파티는 오 년에 한 번씩 인맥을 넓히고 귀족들 간의 사이를 돈독히 하는 의미 있는 자리였다.

일 층의 파티장에는 먹음직스러운 음식들이 정갈하게 준비되어 있었다.

모두 수도에서 유명한 주방장이 정성들여 만들었고, 재료역시 최고급이었다. 향이 좋지 않은 와인이 없었다.

맛과 향, 사람과 분위기까지. 무엇 하나 부족함이 없는 파티였다.

루슬릭은 삼 층의 홀에서 일 층을 내려다보았다.

수많은 사람이 빼곡히 모여 음식을 먹고 술을 마신다. 생전 처음 본 상대에게 술을 권하고, 취할 때까지 마시며 하하호호 웃는다.

"지랄들 한다."

값비싼 와인을 가득 따라 벌컥벌컥 마시며 루슬릭이 그들을 비웃었다.

그의 눈에는 이 모든 것이 희극이었다.

웃고, 떠든다.

처음 본 상대를 어떻게 믿고 저리 무방비한 상태로 있는단 말인가? 루슬릭으로서는 도저히 이해가 가지 않는 광경이었다.

"아무래도 그 지랄에 나도 참여해야 할 것 같구나."

바로 옆에 있던 레바논이 멋쩍게 웃었다.

사교성이 썩 좋다고 할 수 없는 레바논은 이런 자리가 부담스러웠다. 그 역시도 이때까지 이렇게 큰 파티에 참석해 본 경험은 없었다.

무엇을 어떻게 해야 할지는 잘 모르겠지만, 그렇다고 이렇게 넋 놓고 있을 수만은 없었다. 손님으로 찾아와 놓고 파티에 얼굴조차 내비치지 않는 것은 아르만 공작에 대한 실례였다.

"다녀오마. 루나도 없는데 너무 심심해하지 말고."

"그거 없다고 내가 심심해하는 거 봤어?"

"내 눈엔 심심해 보인다."

"여기 맛없는 술이나 처먹고 있을 테니까, 대충 다녀와."

다시금 잔에 가득 와인을 따르며 루슬릭이 손을 흔들었다. 레바논은 정상적으로 채워진 와인 잔을 들고 아래쪽 파티장으로 향했다.

"……나도 가서 안주나 좀 가져올까."

답답한 목 근처를 느슨하게 풀며 루슬릭이 몸을 돌렸다.

삼 층에는 파티가 열리지 않아 일 층과 이 층에 비해 사람이 적었다. 삼 층에 올라와 있는 사람은 고작 넷뿐이었다.

루슬릭을 제외한 세 명은 한 무리였는데 몸을 돌리자 눈이 마주쳤다.

그때, 그냥 지나치려던 루슬릭을 그들이 불러 세웠다.

"잠깐 기다려라."

"……뭐?"

배가 고프던 루슬릭의 목소리는 그리 달갑지 않았다.

루슬릭을 부른 중년 귀족은 인자한 인상이 꽤나 훈훈한 얼굴이었다. 많이 쳐줘야 마흔이나 되었을까 싶었는데, 누구에게나 호감을 살 법한 얼굴이었다.

그는 친근한 목소리로 손에 들고 있던 빈 잔을 내밀었다.

"나도 한 잔 주지 않겠나?"

"아, 그럴래?"

루슬릭은 사양하지 않고 그가 내민 빈 잔을 가득 채워주었다.

다른 술이라면 모를까, 와인은 잔에 조금 채워 먼저 눈으로 보고 향을 맡는 게 순서였다. 귀족들은 술을 마시는 것에도 순서와 예절을 따졌다.

가득 채워진 술잔은 처음이었음에도 중년 귀족은 전혀 당황하지 않았다. 오히려 신기하다는 듯 몇 번 보다가 이내 가득 채워진 잔을 내밀었다.

"건배."

그 모습이 썩 마음에 들어 루슬릭은 마주 웃으며 자신의 술잔을 내밀었다.

"원샷."

팅―

두 잔이 부딪히며 가득 따라져 있던 술이 조금 튀었다. 두 사람은 조금도 망설이지 않고 도수 높은 와인을 모두 비웠다.

"크. 와인도 이렇게 마시니 쓰군."

"그런 맛에 먹는 거 아니겠어?"

"그랬나? 내가 배운 것과는 다르군."

귀족들이 술을 마시는 이유는 다른 귀족들과의 교류를 위해서가 반이고, 향과 맛이 반이었다. 아무리 쓴 술이라도 그들은 쓴 맛으로 술을 마신다는 표현을 하지 않는다.

귀족이 손가락을 튕기자 옆쪽에 있던 시종이 접시를 가져왔다. 접시 위에는 먹음직스러운 치즈와 훈제된 오리고기 몇 점이 올려 있었다.

"오, 고기."

"보통은 치즈를 보던데."

"치즈? 그거 냄새나. 고기가 훨씬 담백하고 맛있지."

그렇게 말하며 루슬릭은 맨손으로 오리고기를 덥석 집어 입안으로 가져갔다.

손에 묻은 기름까지 쪽쪽 빨아먹는 모습은 같은 귀족이라고 하기 부끄러울 정도였다.

"신기하군. 이곳에 와서 너 같은 귀족은 본 적이 없는데."

"그래? 난 너 같은 사람을 몇 번 봤었지. 그보다 네 뒤쪽에 있는 녀석이 신경 쓰이는데?"

루슬릭은 기름을 다 빨아먹은 손가락으로 귀족의 뒤쪽에 서 있는 기사를 가리켰다.

무장이 금지된 파티장의 성격상 그는 평상복 차림새였다. 하지만 고지식한 눈과 눈썹, 그리고 단단하게 단련된 근육으로 보아 얼마만큼 고되게 검을 휘두른 기사인지 알 수 있었다.

기사는 루슬릭이 다짜고짜 자신을 가리키자 당황해 앞으

로 나섰다.

"무슨 소리지?"

"요새 만난 녀석들 중에는 네가 제일 세 보여서 말이야. 보통 기사는 아닌 것 같은데? 그럼, 보통 기사가 아닌 기사를 거느린 저 녀석은 보통 귀족이 아닌 건가?"

가늘게 좁아진 눈초리는 무언가를 눈치챘다고 말하는 듯했다. 그러자 기사는 돌연 자신의 기도를 내뿜어 루슬릭에게 집중시켰다.

"주군께서 잘 대해주신다고 너무 기고만장하지 마라. 잘못 입을 놀리다간, 제 명에 살기 어려울 테니."

"제 명에 살기 어려운 건 나도 잘 알아. 내 손에 뒈진 놈이 몇 명인데, 제 명에 살다 가는 건 너무 이기적이지. 그런데 너나 나나 명줄 운운하기엔 너무 많이 죽이지 않았어?"

쉬익—

기사의 몸이 순간 사라졌다.

무엇인가 번쩍인다 싶더니 곧 기사가 나타난 자리는 루슬릭의 앞이었다.

빠악—!

기사의 주먹이 루슬릭의 얼굴을 후려쳤다. 얼마나 세게 쳤는지, 루슬릭의 몸이 그대로 날아가 저 멀리 처박혔다.

쿵—!

루슬릭의 몸이 부딪힌 벽면이 갈라져 무너졌다. 얻어맞은 얼굴을 쓰다듬으며 루슬릭이 자신을 때린 기사를 노려봤다.

"그렇게 솜방망이는 아니네."

"……잘도 살아 있군."

기사가 루슬릭을 향해 천천히 걸어왔다.

"야, 너 그거 알아?"

"뭘 말이지?"

"그 정도는 나도 때릴 줄 알아."

쉬익—

빠아악—!

순식간에 날아든 루슬릭의 주먹이 기사를 후려쳤다.

미리부터 대비하고 있던 기사는 양팔을 교차해 루슬릭의 주먹을 막아냈다.

어지간하면 막아내도 그대로 뼈가 부러지거나 몸이 날아가거나 할 주먹이었다. 정작 주먹을 날린 루슬릭 본인조차도 자신의 주먹을 막아내는 상대를 무척 오래간만에 만났다.

"막았어?"

"그게 그렇게 신기한가?"

"응. 그럼 이것도 막아봐."

빠악—!

두 사람의 발이 동시에 부딪혔다.

서로의 배를 걷어찰 생각으로 동시에 다리를 움직인 것이다. 자신과 같은 생각을 했다는 점에서 루슬릭은 물론, 기사 역시 놀랐다.

"……인정. 넌 좀 다르네."

뚜두둑―

루슬릭의 온몸의 관절 마디가 비명을 질렀다.

딱딱하게 굳어 있던 몸이 풀어졌다.

"이제부터 진짜 재밌게 놀자."

꽈앙―!

두 사람의 주먹이 허공에서 부딪혔다.

얼마나 세게 부딪혔던지 도저히 주먹과 주먹이 부딪혔다고 생각하기 힘든 소리가 났다. 마치, 강철과 강철이 부딪힌 것과 같은 소리였다.

쾅―!

먼저 때린 쪽은 루슬릭이었다.

생각지도 충격에 기사는 잠시 휘청거렸다. 주먹으로 맞았다고 생각하기 힘든 충격이었다. 하지만 그 역시도 오랜 훈련으로 인해 이 정도쯤은 가뿐히 넘길 수 있었다.

쾅―!

이번엔 루슬릭이 맞았다.

첫 번째 맞았을 때보다 더한 충격이었다. 입속이 찢어져 핏물이 고였다.

실로 오랜만에 맛보는 자신의 피 맛이었다.

"이거… 진짜 재밌네."

쉬익, 쉬이이익—

루슬릭의 주먹이 더욱 빨라졌다.

같은 위력으로 더욱 빠르게 주먹이 뻗어오니 기사는 당황했다. 루슬릭이 이 정도로 손에 여유를 남겨 두고 있었을 줄은 몰랐다.

"크윽."

기사는 안간힘을 다해 주먹을 앞으로 뻗었다.

꽝—!

그때, 루슬릭의 머리가 앞으로 불쑥 나오며 기사의 머리를 들이받았다.

미리 준비하고 있던 루슬릭과는 달리, 불시에 머리끼리 부딪힌 기사는 큰 충격으로 잠시 뒤로 밀려났다.

콰직—

"커헉."

복부에 주먹이 꽂혔다.

허리가 반으로 굽힐 정도로 큰 충격이었다. 아무리 고통에 익숙하다 해도 복부에 가해진 충격은 잠시 동안이지만 숨을 쉬지 못하게 만들었다.

뻐억―!

다시 한 번 턱을 후려친 주먹.

기사의 몸이 위로 붕 떠올랐다. 그리고 루슬릭의 몸이 떠오른 기사를 쫓아 날아올랐다.

턱―

콰아앙―!

손으로 얼굴을 잡은 루슬릭이 그대로 바닥에 기사를 내다꽂았다. 단단한 강화 대리석으로 만들어진 바닥을 뚫을 정도로 강한 힘이었다.

보통 사람이었다면 그대로 머리가 산산이 부수어져 뇌수가 터져 나와도 이상하지 않았다. 하지만 얼마나 머리가 단단한지, 기사는 정신을 잃었을 뿐 그런 불상사는 일어나지 않았다.

"퉤엣."

싸움이 끝난 루슬릭은 입안에 고인 피를 침과 함께 바닥에 뱉어냈다. 오래간만에 실컷 몸을 움직인 그는 무척 개운한 표정이었다.

"네리어드 경이 지다니……."

두 사람의 싸움을 구경하던 귀족과 그 시종은 믿을 수 없다는 표정이었다.

하긴, 일행인 만큼 두 사람은 기사의 실력을 알고 있었을 것이다. 분명 어디 가서 쉽게 지고 다닐 실력은 아니었다.

그럴 만도 했다.

전신 네리어드. 그는 바로 제라스 왕국의 수호신이자 기사로서 마스터(Master)의 칭호를 하사받은 왕궁 근위기사 단장이었으니 말이다.

"어떻게 이런 일이?"

"네리어드라… 들어 봤지. 제라스 왕국 제일 기사이자, 근위기사 단장."

루슬릭의 시선이 네리어드가 주군이라 칭했던 귀족 남자에게로 향했다.

"그럼 당신이 국왕 폐하신가?"

"……."

전혀 생각지도 못한 전개였다.

호위 기사로 완벽하다고 생각했던 네리어드가 패하고, 그를 꺾은 정체불명의 남자가 자신의 정체를 알아차렸다.

그때, 시종이 국왕의 앞으로 나섰다.

그의 손에 이글거리는 불꽃이 맺혔다. 보통 시종이라고 생각하지는 않았는데, 마법사였다. 별다른 주문이나 발현 과정도 거치지 않는 것을 보면 꽤나 수준 높은 마법사인 듯했다.

그의 손에 맺힌 불의 수정이 점점 커져 어른 머리만 해졌다.

단순히 크기만 본다면 별거 아니라 생각할지 몰라도 그 속에 담긴 힘은 어지간한 집 한 채쯤 태워 버릴 정도로 거대했다. 루슬릭도 전쟁터에서 마법사들을 자주 상대해 봐서 알고 있었다.

한 번은 저 불구덩이에 얻어맞고 사경을 헤매기도 했었다.

"덤비냐?"

"국왕 폐하께는 손끝 하나 못 건드린다."

"그 충성스러운 마음가짐 하나는 좋은데 말야⋯⋯."

루슬릭이 한 발 앞으로 나서며 손을 뻗었다.

한 걸음이다 싶었는데 루슬릭의 몸은 마법처럼 쭉 앞으로 나아갔다. 그에 당황한 시종이 불의 수정을 쏘아댔다.

화르르르륵—

불의 구가 루슬릭의 머리 옆을 지나갔다. 화끈한 열기가 느껴졌지만, 정면으로 맞는 것에 비하면 미지근한 수준이었다.

저택을 태워 버릴 위험이 있어 시종은 급히 마법을 취소시켰다. 불의 수정을 이루고 있던 마나가 흩어지며 마법이 곧 사라졌다.

루슬릭은 마법이 사라지는 장면을 느긋하게 지켜보았다.

"저렇게 느린 공격에 누가 맞아준대?"

"폐하, 서둘러 자리를⋯⋯."

"쇼한다, 진짜. 머저리 새끼들."

들리지 않을 정도로 작게 중얼거리며 루슬릭이 한숨을 뱉었다.

"내가 언제 공격한대? 저 새끼가 먼저 시작했지, 내가 덤볐냐?"

시종의 손에 만들어지고 있던 불의 수정이 점차 사그라 들었다.

잠시 후, 불의 수정이 완전히 사라졌을 때 시종이 깨달았다.

"……아!"

"……등신아, 왜 사냐……."

한숨을 푹 내쉬며 루슬릭이 바닥에 쓰러져 있는 네리어드를 툭툭 건드렸다.

"정신 차려라. 빨리 일어나서 국왕 폐하나 데리고 꺼져. 내려가서 밥이나 먹으려니까."

"으으으……."

"어라, 진짜 깼네?"

얼마나 머리가 단단한 것인지 네리어드는 벌써 정신을 차리고 있었다. 정작 바닥에 내다 꽂은 루슬릭 본인조차도 신기할 정도였다.

욱신거리는 머리를 부여잡으며 네리어드가 막 정신을 차렸을 즈음, 국왕이 말했다.

"……넌 대체 누구지?"

"국왕 폐하. 알아서 뭐 하시려고요?"

예의라고는 폐하라고 부르는 것과 존대를 한다는 것이 전부였다. 루슬릭 나름대로는 최대한 예의를 지킨다고 하는 것이지만 보통 사람들의 기준으로 보았을 때 버릇없고 무례하기 짝이 없다.

하지만 이미 앞에서 루슬릭의 실력을 두 눈으로 확인한 국왕은 마냥 무례하다고 탓할 수만은 없었다.

왕국 제일 기사이자 '전신' 이라고까지 불리는 네리어드를 바닥에 내다 꽂은 사람인데, 어찌 말투 하나로 트집을 잡을 수 있단 말인가?

오히려 상대를 대함에 있어 국왕이 더 조심스러운 입장이었다.

"자네 같은 실력을 가진 사람이 왕국에 있다는 이야기를 들어본 적이 없네."

"뭐, 여기 온 지는 얼마 안 됐으니까요."

루슬릭은 말을 하다 말고 잠시 주위를 둘러봤다.

꽤나 소란스러웠을 텐데 아무도 오지 않았다. 게다가 이제 보니 주위로 무슨 투명한 막 같은 것이 쳐져 있었다.

아마도 저 막이 이곳에서 나는 소리를 차단하고 있는 모양이었다. 물론, 그렇다고 해서 부숴진 벽이나 바닥은 바뀌지 않겠지만 말이다.

"마법이란 건 역시 신기하군."

"여기는 왕정 수석 마법사 필라드 경이네. 아직 나이는 어리지만, 미래에 왕국의 대마법사가 될 몸이지. 지금은 잠시 내 보좌를 맡고 있네."

서른이나 되었을까 싶은 나이에 이 정도 실력이면 충분히 뛰어나다고 평할 만했다. 루슬릭은 미래의 대마법사가 될 것이라는 국왕의 말을 굳이 부인하지 않았다.

"국왕 폐하와 전신 네리어드, 그리고 미래의 대마법사께서 여기까진 무슨 일이십니까?"

"파티에 참석한 목적은 아르만 공작의 초대를 받았기 때문도 있지만 귀족들에게 말할 중요한 발표가 있었기 때문이네."

"아, 그렇습니까?"

별 흥미 없다는 듯 루슬릭이 건성건성 되물었다.

어차피 자신과는 크게 상관없는 일이었다. 루슬릭은 이 자리에 모인 다른 귀족들처럼 파티에 흥미가 있어서 온 것도 아니고, 다른 귀족들과 잘 사귀어볼 생각도 없었다.

얼굴조차 내비추지 않으려던 파티에 참여해 삼 층에라도 올라온 것도 술과 고기나 먹으며 배라도 채울 생각이었지, 별다른 뜻은 없었다.

"그나저나 자네 이름을 못 들었군."

"하츨링 백작가의 루슬릭입니다."

"하츨링 백작가라면… 아, 오웬 백작가와의 영지전에서 승리하고 동부를 통합했다는 귀족이로군."

"알고 계시다니, 영광입니다."

"말과는 달리 표정은 전혀 영광이라고 쓰여 있지 않군. 내 이름은 알다시피 루블 드 제라스네."

"알고 있지는 않았지만 지금부터 기억해 보도록 노력하겠습니다."

그 정도만으로도 흡족한지 루블 국왕은 입가를 씩 벌리며 미소 지었다. 그는 루슬릭과 같은 인재가 제라스 왕국에 있다는 사실을 확인한 것만으로도 이번 파티에 참석한 의미가 충분하다고 생각했다.

그때, 필라드가 루블 국왕의 귀에 대고 무언가를 속닥거렸다. 나름 조심한다고 조심했지만 청각이 뛰어난 루슬릭의 귀에는 그게 무슨 내용인지 다 들렸다.

"하츨링 백작가의 직계는 한 명이다. 이걸 왜 귀에 대고 소근거립니까?"

"……귀 한번 밝군."

"네리어드 경도 아마 들었을 겁니다."

정신이 든 네리어드는 몸을 일으켜 루블 국왕의 곁으로

섰다.

루블 국왕은 설마하는 생각에 물었다.

"정말인가, 네리어드 경?"

"그렇습니다."

"……이제부턴 침소에서도 조심해야겠군. 경의 귀가 그렇게 밝은 줄 내 미처 몰랐소."

"죄송합니다."

부끄러운 마음에 네리어드가 고개를 숙였다. 귀가 밝은 게 잘못은 아니지만, 어찌 보면 몰래 엿들은 게 될 수도 있었다.

"뭐, 그건 그거고. 이게 어떻게 된 건가?"

"이십 년 전쯤에 용병이 되었습니다. 그래도 얼마 전에 때려 치고 돌아왔습니다. 아마 자세히 알아보면 아주 옛날에 하츨링 백작에게 동생이 있었다는 사실 정도는 알 수 있을 겁니다."

"용병이었단 말인가?"

루블 국왕은 지금까지 반응들 중 가장 놀란 듯했다.

잔에 가득 와인을 따라 마시거나 고기를 맨손으로 집어먹고, 언행이 거친 것 등 루슬릭을 용병으로 생각할 수 있는 거리는 무수히 많았다.

하지만 그럼에도 루블 국왕은 지금껏 루슬릭을 조금 특이

한 귀족으로 여겼지, 용병이라고는 생각하지 않았다.

네리어드와 필라드 역시 마찬가지의 반응이었다. 특히 네리어드는 용병이었던 루슬릭에게 패했다는 게 자존심이 상하는지 얼굴을 붉게 물들였다.

"자네 정도 수준의 용병이라면 꽤나 잘 알려져 있을 것 같은데?"

"말했잖습니까? 루슬릭이라고. 저는 제 이름을 숨기고 활동한 적 없습니다."

"루슬릭이라…… 들어본 적 없군."

그들이 루슬릭의 이름을 들어보지 못한 데에는 이유가 있었다.

말한 것처럼 루슬릭은 스스로 이름을 먼저 숨긴 적이 없었다. 하지만 그렇다고 자신의 이름을 대놓고 드러내고 다니지도 않았다.

루슬릭은 전쟁 용병이었다.

그는 하루라는 시간이 부족할 정도로 바쁘게 전쟁터를 전전했다. 그 어느 용병보다 바쁜 활동을 해왔지만, 활동 범위에 있어서는 제한이 있었다.

대규모로 전쟁이 일어난 곳.

왕국 내에서 반란이 일어나거나 왕국과 왕국 간에 전쟁이 터지는, 규모가 큰 전쟁이 아니고서는 루슬릭이 직접 나설 일은 없었다.

반대로 말하자면 평화로웠던 왕국에서 루슬릭이 활동한 적은 없다는 뜻이었다.

그리고 제라스 왕국은 왕국들 중 유독 평화로운 왕국이기도 했다.

게다가 루슬릭은 활동했던 지역 내에서 되도록 용병왕국의 신분이 아닌 일반 용병으로서 비밀스럽게 활동했고, 반드시 자신을 밝힐 필요가 있을 때에도 이름보다는 로열 나이트 용병이라는 신분을 밝히는 경우가 더욱 많았다.

제1로열 나이트 용병으로서는 유명하지만, 루슬릭이라는 이름 자체만으로는 그리 유명하지 않은 셈이었다.

"앞으로 자주 보게나."

"별로 달갑지 않긴 한데, 저쪽 양반이랑 제대로 한번 붙어보고 싶긴 하네요. 이번엔 맨손으로 말고 검으로요."

"바라던 바다."

네리어드가 루슬릭을 보며 눈을 빛냈다.

두 사람은 서로 신체적인 조건 자체는 크게 차이가 없었다. 힘이나 속도는 정말이지 우열을 가릴 수 없을 만큼 비슷했다.

그럼에도 네리어드가 루슬릭에게 일방적으로 당한 것은 싸움 방식의 차이였다.

네리어드는 검을 쥔 순간부터 오직 그것 하나만을 바라보고 살아온 전형적인 기사였다. 그는 검으로써 왕국 제일과 전신이라는 칭호를 손에 넣었다.

반면, 루슬릭은 검 하나만을 바라볼 수 없는 환경이었다. 이가 없으면 잇몸으로, 그나마도 없으면 손톱으로 잘게 부숴서라도 먹고 살아 남아야 했다.

검이 없는 환경은 수두룩했고, 그나마도 창이나 도끼 같은 무기가 아예 없는 경우도 생각해 놓아야 했다.

그 덕에 루슬릭은 수많은 종류의 무기를 다룰 수 있게 되었다.

어린 시절부터 다뤄온 검은 물론이고 보편적인 무기인 창과 도끼, 메이스, 펄션, 활 등, 그야말로 손에 들린 모든 것을 자유자재로 다루었다.

그런 루슬릭인 만큼 그는 맨손 격투술에도 상당히 일가견이 있었다.

비록 무기를 들지 않은 것보다는 약하겠지만 그는 맨손으로도 비슷한 실력의 상대를 상대할 자신이 있었다.

"그 이유가 아니래도 자네와 난 아마 가까운 시일 내로 보게 될 거네."

루블 국왕은 그대로 몸을 돌려 삼 층의 홀을 나섰다. 바늘 가는 데 실 따라가듯 네리어드와 필라드가 그의 뒤를 따라갔다.

불과 하루 전날에 비슷한 이야기를 들었던 루슬릭으로서는 기분이 찝찝했다.

"……왜 어제 그 영감이랑 똑같은 소리야, 기분 나쁘게."

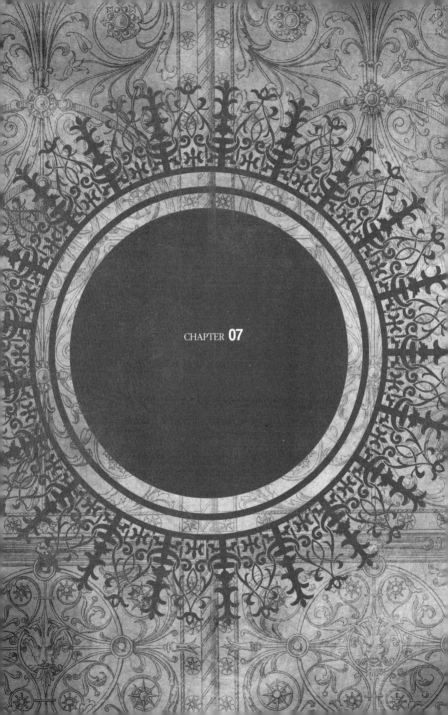

CHAPTER **07**

"결국 오지 않았더군."

"그래서 직접 오셨습니까?"

첫날 파티가 끝나자, 아르만 공작이 루슬릭을 찾아왔다.

막 배불리 먹고 잠을 자려던 루슬릭으로서는 그리 달가운 손님이 아니었다. 특히 방금 전까지 사고 친 벌로 방 안에서 근신 중인 루나의 징징거림을 받아주느라 피곤했다.

후딱 끝내고 자고 싶었던 터라 루슬릭은 일부러 피곤한 티를 팍팍 내며 물었다.

"무슨 일인데요?"

"별일 아니네. 내일은 꼭 파티에 참석해 줬으면 해서 말이지."

"조만간 보게 될 거라고 중얼거리시더니, 이렇게 찾아오시려고 그랬던 겁니까?"

"……그걸 들었나?"

"저 귀 좋습니다. 저쪽 옆방에서 남녀 둘이 뒤엉켜 있는 소리도 다 들립니다."

"허, 그것 참 부럽군."

자신도 모르게 솔직한 생각이 튀어나와 아르만 공작이 헛기침으로 분위기를 무마했다. 그러나 저러나 별 관심이 없었던 루슬릭과 루나는 슬슬 침대에 누울 준비를 했다.

"그게 답니까?"

"아니. 중요한 이야기가 있네."

"그래서 저보고 꺼지라고요?"

조심스러운 눈치에 루나가 직설적으로 물었다.

슬그머니 조용히 나가주기를 바랬던 것인데, 이리 물으니 바로 그렇다고 대답하기가 곤란했다.

"나가."

"아, 왜!"

"너 필요 없다잖아. 나가서 들어!"

"어차피 다 들릴 건데, 뭐하러 나가!"

티격태격하는 두 사람을 보며 아르만 공작은 루나를 굳이 밖으로 내보낼 필요가 없음을 느꼈다.

그녀 역시 루슬릭처럼 주의만 기울인다면 멀리서 나는 소리도 무리 없이 들을 수 있는 듯했다.

"됐네. 그냥 함께 듣도록 하지. 어디 가서 먼저 이야기만 떠벌리지 않으면 상관없으니."

"얼마나 중요한 이야기기에 그럽니까?"

"귀를 가까이 하게."

아르만 공작이 한쪽 손을 입으로 가져오며 무척 조심스러운 행동을 취했다.

덩달아 궁금해진 루나는 어떤 대단한 이야기일까 싶어 잔뜩 기대로 부풀었다.

"사실… 지금 이곳에 국왕 폐하와 전신 네리어트 경이 와 계시네."

꽤나 파장이 큰 발언이었다.

하지만 정작 놀라야 할 사람은 시큰둥했다.

"알고 있었습니다만."

"뭐야, 겨우 그거야?"

예상하지 못한 반응에 아르만 공작은 당황했다.

특히, 이미 알고 있었다는 루슬릭의 대답은 놀라울 따름이었다.

"알고 있었다니, 어떻게 말인가?"

"한가락 하는 것 같은 녀석이 있어서 붙었는데 그게 네리 어트 경이었고, 얼굴에 기름칠 잘되신 분이 있었는데 그게 국왕 폐하신 거죠."

"……그게 대체 무슨 소린가?"

"그냥 우연히 만났다고요."

옆에서 루나가 간단히 정리해 주자 아르만 공작은 이해하고는 고개를 끄덕였다.

"자네는 정말 알 수 없는 사람이군."

"거기서 국왕 폐하를 볼 줄은 저도 몰랐는데, 영감이 어떻게 아셨겠습니까?"

"여, 영감?"

루슬릭은 아무렇지도 않게 내뱉은 말이었지만 아르만 공작은 충격을 받았다. 아무리 나이가 들었다지만 지금껏 각하라는 말만 들었지 영감이라는 소리는 처음 들어보는 그였다.

하지만 대화를 나누며 조금씩 루슬릭에 대해 알아가면서 그 말이 자신을 놀리거나 하는 게 아닌, 자유분방한 용병들의 특성이라는 것을 인정했다.

"영감이라… 그리 기분 나쁘지만은 않군. 그나저나 자네야 이미 폐하를 뵈었으니 그렇다 쳐도, 옆의 숙녀 분도 아무렇지 않다니, 솔직히 당황스럽군."

"아니, 뭐… 국왕이라는 사람들도 한두 번 봐야 신기하죠. 한창때는 하루에 세 번도……."

쓸데없는 말을 주절거리는 루나의 입을 손가락 집게로 잡으며 루슬릭이 고개를 저었다.

"아무것도 아닙니다."

"……방금 뭔가 엄청난 발언을 들은 것 같은데?"

"이게 실성을 했나 봅니다. 약 먹을 시간이 지났나, 이상하네."

"이어노으아."

잡은 입술을 놓아주지 않자, 루나는 루슬릭의 손을 붙잡으며 빠져 나가려고 발버둥 쳤다. 하지만 언제나 그렇듯, 그녀가 힘으로 루슬릭을 이기는 기적은 벌어지지 않았다.

"그래서요? 국왕 폐하가 왔으니, 혹시 만나게 되면 예의를 차리라고요?"

"아니. 오늘은 정말 단순하게 이야기를 하고 싶어서 온 것이야. 사실, 어제 자네를 만나고 자네에 대해서 조사를 좀 해 봤네."

"……그래서요?"

"생각보다 대단한 사람이더군. 사실 내심 자네의 행동이 건방지다고 느껴지긴 했는데, 그게 아니었어. 자네는 그럴 자격이 있는 사람이더군."

이 정도까지 말한다면 거의 다 알고 왔다고 봐도 무방했다.

루슬릭의 정체를 알아보고자 한다면 못 알아볼 것은 없었다. 이름이나 행적, 싸우는 방식 등 루슬릭이 흘린 정보의 양은 어마어마했다. 그 정보들을 종합해 보면 용병왕국으로 흘러갈 것이고, 은퇴한 제1로열 나이트 용병단의 단장이 나온다.

하지만 시간이 문제였다. 루슬릭이 아르만 공작과 만난 것은 불과 하루 전이었다.

어떻게 하루 만에 이 모든 행적을 거슬러 올라가 정보를 얻어낼 수 있단 말인가?

"상단과 함께 온 용병들을 조사해 봤네. 자네와 사이가 좋지 않은 관계였더군."

"이런 개새끼들이, 내 신상을 팔아?"

팔을 걷으며 당장에라도 용병들을 향해 달려가려는 루슬릭을 아르만 공작이 만류했다.

"내가 부탁한 걸세. 알다시피 용병들이란 돈을 받고 자신을 빌려주는 존재가 아니던가? 그들이 가지고 있는 지식과 정보를 내가 돈을 받고 산 것뿐이야."

"뭐, 이미 그놈들 단장은 죽었으니… 그것으로 봐주는 셈 치죠."

이미 상단과 함께 온 용병들의 단장인 스테반은 루슬릭에 의해 죽은 뒤였다. 일을 벌이기도 전에 루슬릭이 먼저 선수를 쳐 그들의 단장을 죽였으니, 자신의 신상을 팔아넘긴 정도는 그럭저럭 눈감아줄 만했다.

"제1로열 나이트 용병, 루슬릭. 대륙에 존재하는 수십만의 용병들 중, 용병왕 다음으로 잘나가는 용병이라지?"

"영감님 다음이라는 게 마음에 안 들지만, 썩 틀린 말은 아닙니다."

"……혹시나 했는데 진짜였군."

루슬릭은 젊었다.

비록 이십 대 초반으로 보이는 겉보기와는 달리 실제 나이는 마흔이라지만 그렇다손 치더라도 그 나이에 한 나라의 중심을 맡았다는 사실은 놀라울 따름이었다.

제1로열 나이트 용병이라면 사실상 용병왕국에서 용병왕의 다음가는 자리였다. 제라스 왕국으로 치자면 루블 국왕 다음 권력자라고 할 수 있는 아르만 공작과 대등한 위치인 것이다.

아니, 어쩌면 그 이상일지도 모른다. 용병왕국의 위상은 날이 갈수록 높아져, 강국이라고 할 수 있는 제라스 왕국보다 높아진 지 오래였다.

"네리어드 경과 이야기를 나눴네. 자네에 대해 이야기하더군. 태어나서 그렇게 강한 상대는 처음이었다고. 내심 놀랐네. 보통 사람이 아님은 알고 있었지만, 설마 네리어드 경을 이길 줄은 생각도 못했어."

"그 녀석도 세긴 세지."

"그냥 세다, 라고 평하고 넘어갈 만큼 제라스 왕국에서 네리어드 경은 작은 사람이 아니야. 왕국 제일의 검은, 곧 왕국의 얼굴이자 검일세."

아르만 공작의 입에서 네리어드의 평이 치켜 올라갈수록 루슬릭의 기분은 더욱 들떠 올랐다.

"그럼 그 왕국 제일 검을 내가 분지른 겁니까?"

"……아직 검으로 맞대결은 해보지 않아 모르는 거라고 하더군."

"조만간 찾아가서 밟아준다고 전해주십시오."

이렇게 보면 동네 시장 잡배 같은데 네리어드를 꺾었다는 게 믿기지 않는 아르만 공작이었다. 하지만 한편으로는 용병들의 루슬릭에 대한 평에 의문이 들기도 했다.

그는 제1로열 나이트 용병단에 있다가 제2로열 나이트 용병단으로 편입된 용병이었는데, 몇 번 루슬릭과 함께 전쟁터에 뛰어든 경험이 있었다.

작게 중얼거리는 말조차 들을 수 있기에 아르만 공작은 용병이 했던 말을 입안에서 우물거리지도 못하고 속으로 삼켰다.

'작은 용병왕이라…….'

*　　　*　　　*

둘째 날의 파티는 첫째 날보다 더 사람이 많았다.

아르만 공작가의 저택에서 파티가 열린다는 소식을 듣고 찾아온 귀족들이 합류한 것이다.

그로 인해 수도의 귀족 대다수가 이곳 저택에 모여들었다. 국왕의 생일 연회 다음으로 제라스 왕국에서 가장 큰 파티로 손꼽을 수 있었다.

이 층의 홀까지 귀족으로 꽉 차자, 드디어 아르만 공작이 파티장에 등장했다.

"파티의 주최자이신 아르만 공작 각하께서 납시십니다!"

뿔각이 울리는 큰 소리와 함께 무대의 뒤쪽에서 아르만 공작이 기사들의 호위를 받으며 나타났다. 시끌벅적하던 파티장이 잠잠해졌고, 아르만 공작에게로 시선이 집중되었다.

그의 얼굴이라도 한 번 보고자 찾아온 귀족들이 있을 정도로 아르만 공작은 제라스 왕국 내에서 많은 귀족들의 신임을 얻은 인물이었다. 제라스 왕국 정권의 절반은 그의 손에서 이루어진다 할 만큼 그는 능력과 힘이 있었다.

루슬릭과 레바논은 일 층의 파티장에서 가장 구석진 자리에서 조용히 그 모습을 지켜보았다. 파티에 관심이 없었던 루슬릭이지만, 꼭 좀 참석을 부탁한다는 아르만 공작의 신신당부가 있었기에 이렇게 모습을 드러낼 수밖에 없었다.

"인기 한번 많군."

"아르만 공작 각하시니 당연하지. 일국의 재상이신 데다가 현자라고 불릴 정도로 지혜로우시니 말이다."

제라스 왕국에는 두 개의 기둥이 있다고 한다.

하나의 기둥은 제라스 왕국을 수호하는 기사, 전신 네리어드.

두 번째 기둥은 제라스 왕국의 두뇌이자 귀족들의 중심인 현자 아르만 공작 재상.

네리어드의 경우에는 모든 기사의 우상이라고 할 수 있지만 아르만 공작은 실질적으로 제라스 왕국을 이끌어가는 귀족들의 우상이었다.

제라스 왕국 귀족들 중 절반 이상이 아르만 공작을 멘토로 생각하고 있을 정도니 그의 인기가 어느 정도인지 실감할 수 있었다.

"형도 저 영감님에게 빠졌나 보네."

"귀족 중 아르만 공작 각하를 존경하지 않는 사람도 있더냐?"

레바논의 말을 증명하기라도 하듯 아르만 공작이 무대의

정중앙에 서자 언제 시끄러웠냐는 듯 파티장 전체가 조용해졌다. 귀족들의 시선을 한 몸에 받으며 아르만 공작이 목을 가다듬고 말을 시작했다.

"다들 이렇게 모여주어 감사의 말씀을 드리오. 첫째 날에 나와 인사를 드렸어야 함이 맞겠지만, 혹여나 이 늙은이 눈치를 보느라 젊은이들이 즐기지 못할까 걱정되어 늦은 인사를 드리게 됐소. 어디, 파티는 다들 즐거우신가?"

마지막 물음에 여기저기서 환호성이 터져 나왔다. 대부분 나이가 젊은 귀족이었는데, 그들의 대답에 아르만 공작은 흡족한 미소를 지었다.

"이 몸이 이렇게 모두의 앞에 서게 된 이유는 다름이 아니라 중요한 발표가 있기 때문일세."

그 말을 끝으로 아르만 공작이 무대의 중앙에서 옆으로 비켜섰다.

동시에 무대의 뒤에서 두 명의 사람이 나타났다. 멀리서 지켜보는 루슬릭의 눈에는 무척 익숙한 얼굴들이었다.

루블 국왕과 근위기사 단장 네리어드.

중앙 정계의 귀족들이라면 그들의 얼굴을 모두 한 번쯤은 보았던 적이 있었다. 특히, 루블 국왕의 얼굴을 확인한 귀족들은 입이 떡 벌어졌다.

보통 국왕은 귀족의 파티나 연회에 참석하지 않는다. 아니,

참석하더라도 그것은 국왕이 주최거나 생일 연회와 같이 파티의 주인공인 경우에 한해서이다.

하지만 이번 파티는 아르만 공작이 귀족들의 친목을 다지기 위해 오 년 주기로 여는 파티였다. 즉, 주최자도 주인공도 아니었다.

그런 파티 자리에 국왕이 등장한다는 것은 국왕의 성세가 귀족들에게 눌려 있다는 것을 의미했다. 하지만 현재 제라스 왕국의 정권은 국왕에게도, 귀족들에게도 어느 한쪽으로도 쏠려 있지 않은 평화로운 정계였다.

국왕의 등장에 순식간에 파티장이 소란스러워졌다. 이런 반응을 이미 예상했는지 아르만 공작이 손뼉을 두드렸다.

짝짝짝—

"조용히들 해주게. 국왕 폐하께서 오셨는데 이게 무슨 소란인가?"

그의 말에 귀족들의 소란이 조금씩 잦아들었다. 그의 말대로 국왕을 앞에 두고 자기들끼리 떠드는 것은 어느 나라에서도 없는 예의였다.

루블 국왕은 언제나처럼 사람 좋은 미소를 띠고 귀족들을 맞았다.

"내 등장으로 다들 혼란스러울 것이라 생각하네. 다들 알다시피, 오늘 파티는 내가 아닌 그대들을 위한 것인데 나 한 사람으로 인해 자리가 망가진 것 같군."

"아닙니다, 폐하."

아르만 공작의 대답에 다른 귀족들이 앵무새마냥 똑같이 대답했다. 하지만 루블 국왕의 등장으로 인해 파티장의 분위기가 바뀐 것은 사실이었다.

"나도 눈치가 있는 사람이네. 이 자리에 내가 옴으로써 그대들이 제대로 즐기지 못한다는 것쯤은 알아. 사실 그래서 나도 조용히 왔다가 다시 조용히 돌아가려고 했었네."

루블 국왕의 시선이 파티장을 슥 훑었다.

그러다 파티장의 가장 구석, 루슬릭과 레바논이 있는 자리에서 눈이 멈췄다.

"사실 얼마 전부터 나와 아르만 공작이 생각해 오던 게 있었네."

그 말이 나오고부터 아르만 공작이 루블 국왕의 곁으로 섰다.

루블 국왕이 손짓으로 루슬릭을 가리켰다.

"하츨링 백작가의 직계, 루슬릭 폰 하츨링은 앞으로 나오라."

그 말 한마디에 모든 귀족의 시선이 루블 국왕이 가리키는 방향으로 향했다.

그곳에는 음식을 우물거리며 편한 자세로 국왕과 아르만

공작의 중대 발표를 관전하던 루슬릭과 그 옆에서 당황하는
레바논이 있었다.

꿀꺽—

음식물을 급하게 삼키며 루슬릭이 주위를 둘러봤다.

"나?"

어리둥절해하는 루슬릭의 등을 레바논이 떠밀었다.

"어서 나가거라."

"아니, 잠깐. 내가 왜?"

"왜는 무슨 얼어 죽을! 국왕 폐하께서 너를 찾으신다."

"아니, 잠깐, 저 양반이 부르면 내가…… 읍!"

혹여라도 뒤에까지 말을 이을까 걱정된 레바논이 급하게
루슬릭의 입을 틀어막았다.

"조용히 하고 일단 앞으로 나가라. 제발 부탁이다."

레바논의 진심 어린 부탁에 루슬릭은 결국 접시를 잠시 내
려놓고 앞으로 나갔다. 옹기종기 모여 있던 귀족들은 루슬릭
이 쉽게 지나갈 수 있도록 길을 비켜주었다.

터벅터벅 걸어가 루블 국왕의 앞으로 간 루슬릭은 입모양
으로 그에게 말했다.

—이게 무슨 짓입니까?

의미가 전달이 됐는지 안 됐는지 루블 국왕은 어깨를 한 번
으쓱여 보이고는 방금까지 해왔던 이야기를 마저 이었다.

"제라스 왕국은 알다시피 상인들과 용병들이 교류하는 왕국이네. 하지만 상인들은 몰라도 이 용병들은 제라스 왕국이 아닌 용병왕국의 용병들이 대부분을 이루고 있지."

"……잠깐, 설마."

"그래서 짐은 우리 제라스 왕국에도 용병왕국처럼 하나의 거대한 용병단을 만들고자 하네. 여기 있는 이 루슬릭 경은 용병 중에서도 최고라 할 수 있는 S급 용병으로, 이 일을 추진함에 있어 가장 선봉에 서게 될 것이네!"

"아, 젠장."

*　　　*　　　*

그 뒤로도 루블 국왕의 말은 한동안 지속되었다.

거대 규모의 용병단이 필요한 이유와 용병단의 설립이 제라스 왕국에 미치는 영향과 이점, 그리고 루슬릭을 선택하게 된 이유까지.

장황하고 장황한 이야기를 들으며 루슬릭은 그저 웃었다.

한 시간 가까이 지속된 루블 국왕의 말이 끝이 나고 다시 파티가 진행되었다. 루슬릭은 식사도 거른 채 루블 국왕의 뒤를 따라갔다.

"지금 뭐하십니까?"

두서없이 다짜고짜 묻는 말이었지만 루블 국왕과 아르만 공작은 루슬릭이 무엇을 묻는 것인지 알고 있었다.

이미 일을 벌이기 전부터 이런 반응일 것임을 예상했다. 특히 눈썰미가 좋은 아르만 공작은 루슬릭이 어떤 기분일지까지 알고 있었다.

"일단 앉아서 이야기하지."

아르만 공작은 루블 국왕과 루슬릭, 그리고 네리어드를 접대실로 안내했다.

그곳은 마법적 처리까지 되어 있을 정도로 완벽한 방음 처리가 되어 있어, 중요한 이야기를 나누기에 적절했다.

차도 내오지 않고 물로 목을 적시며 아르만 공작이 긴장된 어조로 말을 꺼냈다.

"우선 미안하다는 말부터 해야겠군. 내 이기심 때문에 자네가 곤란하게 되었어."

"알긴 아네요. 영감님, 전 처음 듣는 이야기였습니다만."

"당연하지. 오늘이 되기까지, 이 이야기는 비밀이었으니까."

이 일은 아르만 공작과 루블 국왕이 몇 년 전부터 계획해 오던 일이었다.

제라스 왕국 용병단.

다른 왕국은 몰라도 제라스 왕국은 자체적으로 용병단을

거느릴 경우 얻을 수 있는 이익이 막대했다.

제라스 왕국은 모든 대륙에서 상인들이 모여드는 나라다. 그만큼 막대한 물적 자원이 오고가고, 그것을 지키기 위해 상인들은 필수적으로 용병들을 고용해 물자를 보호한다.

용병들이 대표적으로 수행하는 의뢰가 바로 상인들의 호위 의뢰였다. 당연히 상인들이 많은 제라스 왕국은 많은 수의 용병이 존재하며, 용병의 대다수는 자유 용병이거나 용병왕국에 속해 있었다.

그런데 제라스 왕국에서 자체적으로 용병단을 만들어 상인들을 호위한다면?

그 의뢰금은 고스란히 나라의 것이 되고, 또한 용병단의 설립으로 대외적으로 보이는 군사력 또한 강해지게 되는 것이다.

"자네가 제라스 왕국 용병단을 맡아주게."

"제가 왜 그래야 합니까?"

"자네만 한 적임자가 없으니까."

루슬릭은 루블 국왕과 네리어드를 바라봤다.

이미 그들도 아르만 공작에게 자신에 대한 이야기를 들은 모양이었다. 아무리 아르만 공작이라지만 이런 대형 사고를 치는 데 독단적으로 결정을 내리지는 않았을 것이다.

사실 그의 말은 틀리지 않았다.

아르만 공작이 루슬릭을 잡고자 하는 이유는 지극히 당연했다. 루슬릭만 한 적임자를 찾기란 불가능이나 다름없었기 때문이다.

루슬릭은 용병단을 유지하기 위해 가장 필요한 요소가 무엇인지 그 누구보다 잘 알고 있었다.

구심점.

그리고 그것은 당연히 용병단을 이끌 단장이었다. 우수한 단장이 없다면 아무리 뛰어난 용병들이 모여 있다고 해도 금방 흩어지고 만다. 용병단 단장의 성격이나 유형에 따라 용병단 자체의 성격이 달라질 정도로 단장이라는 구심점의 역할은 중요했다.

중심이 잡히지 않은 용병단은 양아치 패거리나 다름이 없다. 실제로 루슬릭은 그런 사례를 많이 보아왔다.

제1로열 나이트 용병단 단장, 루슬릭.

루슬릭은 오천의 용병을 거느렸고 훌륭하게 통솔했다. 그간 루슬릭이 용병단을 이끌어가며 이룬 업적은 손에 다 꼽을 수 없을 정도로 많았다.

이미 경험이 있고, 능력을 입증해 보였다.

나라에서 운영하는 용병단을 이미 경험해 본 루슬릭이야말로 최고 적임자였다.

"그래서요?"

"부탁하네."

"부탁하면, 제가 들어 드려야 합니까?"

기분이 나쁠 수밖에 없다.

자신과는 상의도 없이 그 많은 귀족 앞에서 루슬릭을 제라스 왕국 용병단의 단장이라고 공표했다. 이제 와서 사실은 거짓말이었다고 한다면 아르만 공작이나 루슬릭이나 입장이 난처해지는 것이다.

하지만 아르만 공작은 그 나름대로 이 선택이 틀리지 않다고 생각했다.

"미리 이야기를 했다면, 자네는 승낙했을 것인가?"

"……그건 아닙니다만."

그럴 필요성을 느끼지 못했다.

제라스 왕국 용병단의 단장? 확실히 먹음직한 자리였다. 한 왕국에서 운영하는 거대 용병단의 우두머리가 될 수 있는 기회였으니 말이다.

하지만 루슬릭에겐 있어도 그만, 없어도 그만인 자리다. 이미 용병왕국에서 최고의 자리까지 올랐던 그가 이제 와서 똑같이 국가에 소속된 용병이 되고 싶을 리 없다.

아르만 공작은 루슬릭과 이야기를 하고 싶었다.

그가 아는 루슬릭은 싫으면 싫은 사람이었다. 그는 한 번 싫다고 느낀 일은 움직이지도, 생각하지도 않았다.

하지만 모든 귀족의 앞에서 대놓고 공표한 이상, 그는 싫어도 아르만 공작과 이야기를 할 수밖에 없었다. 문제를 해결해야 하니 말이다.

"자네가 이 자리를 싫어하는 이유를 말해보게. 문제가 있으면 이야기를 하고, 협상을 거치는 게 순서가 아니겠는가?"

"……거, 정치 한번 되게 잘하시네. 알겠습니다. 이야기해보죠."

생각보다 순순한 태도에 아르만 공작이 안도의 한숨을 내쉬었다.

"고맙네."

"우선 국왕 폐하, 그리고 네리어드 경. 저에 대해서는 이미 이야기 들으셨겠죠?"

"그래. 듣고 깜짝 놀랐지."

이미 아르만 공작과 루블 국왕은 입을 맞춰놓은 상태였다.

첫날 파티에서 루블 국왕은 루슬릭을 만나고, 아르만 공작과 이야기를 나눴다.

이미 루슬릭에 대해서 조사를 다 끝내놓은 아르만 공작은 루슬릭을 계획했던 일의 최고 적임자로 생각했고, 루블 국왕과 네리어드와 함께 이야기를 나눴다.

그 과정에서 루슬릭이 전 제1로열 나이트 단장이었다는 사실은 네리어드의 고개를 끄덕이게 만들었다. 이미 루슬릭과

한 번 주먹을 섞어본 그는 보통 사람이 아니라는 것쯤은 예상하고 있었다.

"자네가 원하는 게 뭔가? 아니, 그전에 이 자리가 싫은 이유가 뭔가?"

"알다시피 전 로열 나이트 용병을 때려 쳤습니다."

"아네. 제1로열 나이트 용병이었지."

"왜 때려 쳤는지 아십니까?"

"그것까진 모르겠군."

"쉬고 싶어서입니다. 사람들이 용병이 되고자 하는 이유는 자유롭기 때문입니다. 기사에 비해 천대받는 직업이지만, 용병은 그들과 달리 자유롭습니다."

아무리 용병이란 직업에 대한 인식이 달라졌다고 해도 인식의 차이가 신분의 차이까지 극복하지는 못한다.

용병은 아무리 날고 기어봤자 용병. 반면 기사는 준귀족으로 대우받는다.

그런데 왜 사람들은 실력이 있으면서도 용병을 고집할까?

이유는 지극히 단순하다. 딱딱한 틀에서 살아가야 하는 기사들과는 달리 용병은 자유롭다. 용병으로 살아가면 이름을 얻는 것과 동시에 자유도 얻을 수 있기 때문이다.

원하는 일을 선택해서 할 수 있고, 원하는 사람들과 어울릴 수 있다는 장점이 있다.

만약 그러한 장점이 사라진다면?

루슬릭이 바로 그러했다. 전쟁은 끊이지 않았고, 루슬릭은 용병왕에 의해 끊임없이 전쟁터로 끌려 나갔다. 전쟁터에서 자유란 꿈꿀 수 없는 환상이었다.

"자리는 사람을 만들지만, 동시에 어깨를 짓누릅니다. 그런 자리에 앉아서 자유를 생각한다는 것은 욕심이며 불가능입니다. 생각해 보십시오. 당신들은 자유롭습니까?"

루블 국왕과 아르만 공작, 그리고 근위기사 단장 네리어드.

그들은 제라스 왕국을 이끌어가는 기둥들이었다. 한 나라의 왕과 귀족들의 중심, 그리고 기사들의 우상이었다.

모든 것을 누릴 수 있는 자리에 올라 있는 사람들.

하지만 '자유'롭냐는 그 단순한 질문 하나에 그들은 그렇다고 대답할 수 없었다.

"틀리지 않은 말이군."

한참을 생각하던 루블 국왕은 작은 한숨과 함께 고개를 끄덕였다.

루슬릭이 원하는 것. 그것은 모든 용병들이 바라는 한 가지일 뿐이었다.

하지만 정작 모든 것을 줄 수 있다고 생각한 그 자리는 모두가 원하는 한 가지가 배제되어 있는 자리였다.

"욕심 아닌가?"

네리어드가 눈을 빛내며 물었다.

"뭐가 말입니까?"

"자유에는 책임이 따른다. 귀족들은 물론, 우리 기사들에게도 통용되는 말이지. 하지만 듣자 하니 네가 말하는 자유에는 그 책임이나 의무가 없군."

"……아, 그래요? 그래서?"

"네 눈에는 내가 갇혀 있는 것 같겠지만 난 이 자리에 만족한다. 이름을 얻었고, 존경을 얻었고, 책임을 얻었다. 원하는 것을 얻었으니, 내 삶은 자유롭다고 생각한다."

틀린 말이 아니었다.

자유롭다고 해서 일이 없고 돈이 없고 가족이 없으면 그건 자유로운 게 아니고, 자유롭지 않다고 해도 돈과 명예가 있고 주위에 사람이 있다면 그건 삶의 질이 높다고 할 수 있었다.

어떤 선택으로 삶의 질을 높일지는 스스로가 선택하는 것이다. '자유' 란 그 과정에서 생각해야 할 하나의 부품에 불과했다.

"비록 자유롭진 않겠지만, 네게 권하는 이 자리는 적어도 큰 의무를 가질 필요는 없는 자리다. 널 억압하는 일은 없을 거다."

"그건 조금 마음에 드는 소리긴 합니다만."

구미가 당기는 말이었다.

확실히, 제1로열 나이트 용병단과 제라스 왕국 용병단은 성격 자체가 달랐다. 전쟁터에서는 확실한 우두머리와 지휘가 필요하지만 상단 호위는 그럴 필요가 없었다.

용병단 단장이 필요한 이유도 단원들을 하나로 뭉치게 만들 중심이 필요한 것뿐, 직접 상단을 호위할 필요까지는 없는 것이다.

"네 능력은 용병으로서 최고라 할 수 있다. 그 능력을 그냥 썩히기엔 너무 아깝지 않나?"

"……썩혀도 내가 썩는 거고, 조용히 좀 있어 봐요. 생각 중이니까."

"생각할 게 뭐가 있지? 네가 불만이었던 자유라는 요소도 따지고 보면 그리 문제 될 건 없는데. 돈은 물론, 명예도 얻을 수 있는……."

"귀찮아서요. 전 놀고먹고 싶습니다."

"……."

아무리 입으로 구워삶으려고 해도 귀찮다는 데는 할 말이 없다. 결국 네리어드는 더 이상의 설득을 포기할 수밖에 없었다.

한참을 고민하던 루슬릭은 결국 탁자를 탕, 때렸다.

"까짓 해보죠, 뭐."

"그래서, 하기로 했다고?"

"귀찮지만 재미는 있을 것 같아서."

방으로 돌아온 루슬릭은 언제나처럼 바닥에 뒹굴며 레바논과 이야기를 나눴다.

앞서의 발표에서 혼란스러워했던 레바논은 루슬릭을 통해 자세한 이야기를 듣고는 잔뜩 상기된 표정이었다.

"그런 중책을 네가 맡게 되었다는 것이냐?"

"……뭐야, 그 말투는. 그렇게 대단한 놈이었냐고 묻는 것 같은데?"

"대단한 줄은 알았지만 그 정도일 줄은 몰랐구나."

레바논은 아직까지도 루슬릭이 로열 나이트 용병이었다는 것을 몰랐다.

따지고 보면 제라스 왕국 용병단의 단장은 로열 나이트 용병과 비슷했다. 물론 용병으로만 이루어진 용병왕국과 비교했을 때 비교적 비중이 작았지만, 그래도 국왕의 직속 용병단이라는 개념에선 똑같다고 볼 수 있었다.

중책 중에서도 중책.

그런 중요한 역할을 자신의 동생이 맡게 되었다니, 레바논은 실감이 나지 않았다.

"일단 해보고, 귀찮으면 때려 치려고."

"그게 어디 귀찮다고 때려 칠 수 있는 자리더냐?"

"응. 그러겠다고 벌써 못 박아 놨어. 일단 해보고, 짜증나면 관두겠다고."

"······설마, 국왕 폐하 앞에서 그런 말을 하진 않았겠지?"

"설마가 사람 잡는 거 아니겠어?"

"으아아아!"

국왕에 대한 충성심으로 똘똘 뭉친 귀족 레바논은 루슬릭의 무례함에 통곡했다. 그러거나 말거나 루나는 여전히 자신의 방에 들어가지 않고 루슬릭의 방에서 화장을 지웠다.

"진심이야, 서방? 진짜로 하려고?"

"별로 어려운 것도 아니고. 나름 재미도 있을 것 같고."

"그래? 나도 껴줘."

"이미 말해뒀어. 내가 데리고 갈 녀석들 몇 명 있다고. 너랑 파이온이랑 카사크는 아마 중간 단장 정도로 들어갈 거다."

루슬릭은 루블 국왕과의 이야기에서 꽤 많은 것들을 양보받을 수 있었다.

그중 하나가 바로 용병단에 관한 문제는 일절 건드리지 않겠다는 약속이었다. 용병단 내에서 일어나는 불화는 오직 용병단 내에서 해결할 일이며, 상벌을 내리는 것 또한 직접 하겠다는 것이다.

어찌 보면 무척 단순한 약속이지만 그로 인해 루슬릭은 용병단 내에서 절대적인 권력을 약속받은 것이나 마찬가지였다.

"이틀 뒤에 파티가 다 끝나면 함께 왕궁으로 들어갈 거야. 파이온과 카사크에게는 형이 말 좀 전해줘. 루나, 넌 나와 함께 들어가고."

"알았다."

"알았어."

어차피 용병을 완전히 그만둘 생각은 없었다.

차라리 잘된 일일 수도 있었다.

침대에 수직으로 누워 천장을 바라보며 루슬릭이 즐거운 미소를 지었다.

"놀고먹는 건 이제 끝인가?"

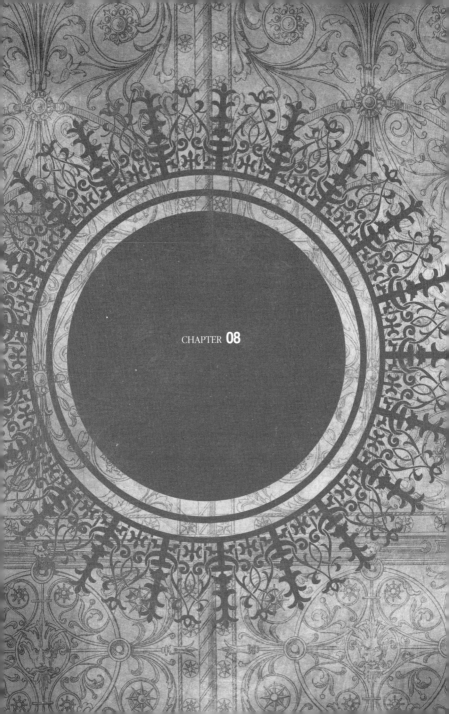
CHAPTER **08**

루블 국왕의 발표 이후 레바논은 그야말로 죽을 맛이었다.

파티는 총 사흘까지 이어졌다. 둘째 날 루슬릭이 제라스 용병단의 단장으로 공표된 이후, 루슬릭뿐만 아니라 레바논에 대한 귀족들의 관심도가 확 올라간 것이다.

처음에는 그저 지방에서 조금 떠오르는 신진 귀족 정도로 생각했는데 그 동생까지 중책을 맡으니 반드시 친해질 필요성이 있게 된 것이다.

그 결과 레바논은 남은 이틀 간 파티장을 돌아다니며 수많은 귀족을 상대해야 했다. 제라스 왕국에서 이름 있는 귀족

대부분을 만났을 정도였다.

반면 루슬릭은 이미 그것을 예상하고는 파티장에 일절 얼굴을 내비추지 않았다.

어차피 그는 다른 귀족들과 친해질 생각도, 그럴 필요도 없었다.

제라스 왕국 용병단은 귀족들과는 별계의 단체였으니 말이다.

파티가 모두 끝나자, 아르만 공작은 루슬릭을 위해 마차를 준비했다.

"그럼 여기서 작별이구나."

영지로 돌아가야 하는 레바논은 아쉬운 표정을 지으며 손을 흔들었다.

루슬릭이 하츨링 백작가로 돌아온 것도 불과 얼마 전이었는데, 중책을 맡으며 수도에 머무르게 되었으니 앞으로 얼굴 볼 기회가 더욱 적어질 수밖에 없었다.

반면 루슬릭이 어딜 가든 졸졸 따라다니는 루나는 벌써 마차에 탄 채 창밖으로 고개를 쏙 내밀고 있었다.

"심심하면 놀러갈게. 귀찮으면 때려 치고."

"……너무 쉽게 말하는 것 아니냐?"

"말했잖아? 하기 싫으면 안 할 거라고. 하츨링 백작가에 있는 편이 더 나은 것 같으면, 두 번 생각할 것 없이 바로 돌아갈 거야."

고맙기도 하고 걱정되기도 하는 말이었다. 그래 주었으면 하는 마음도 들었지만 한편으로는 진짜로 그러면 어떡하나 싶기도 했다.

그저 멋쩍게 웃으며 레바논이 루슬릭의 어깨를 두드렸다.

"그래. 어련히 잘하겠지. 얼른 가보거라. 국왕 폐하께서 기다리실 테니."

"그럼, 잘 지내."

간단한 인사를 끝으로 루슬릭이 마차에 올랐다.

국왕이 직접 보낸 마차는 루슬릭이 수도로 올 때 탔던 마차와는 비교도 되지 않을 만큼 컸다. 무려 열 마리의 말이 이끄는 마차였는데, 공작급 이상의 중요한 인물이나 타는 십두마차였다.

이미 마차 안에는 아르만 공작과 루나가 타고 있었다. 루블국왕과 네리어드는 파티가 끝나기 하루 전날 왕성으로 먼저 돌아갔다.

"작별 인사는 잘 나눴는가?"

"뭐, 대강은요. 그리고 뭔 작별입니까? 심심하면 놀러 갈건데."

넓은 마차 안에 편안하게 뻗어 누우며 루슬릭이 눈을 감았다. 일국의 공작 앞에서 예의라곤 찾아볼 수 없는 모습에 아르만 공작은 한숨을 쉬었다. 이런 모습에 적응이 되고 있다는 게 썩 좋지만은 않은 그였다.

탈 사람이 모두 타자 마차가 움직였다. 마차 주위를 수십 명의 기사가 호위했다.

마차는 마법적 처리가 되어 있는지 움직이는지 아닌지도 분간할 수 없을 정도로 흔들림이 없었다.

왕성은 아르만 공작의 저택에서 마차를 타고 한 시간을 달려야 도착했다. 길이 탁 트여 있다면 훨씬 빨리 도착했겠지만, 수도의 거리는 사람들로 붐벼 속도를 내기가 힘들었다.

아르만 공작은 그 얼굴 자체로 통행증이나 다름없었다. 빠른 속도로 검문을 통과하자 왕성 내부의 모습이 훤히 드러났다.

왕성으로 들어서는 검문소를 통과하자 루슬릭이 잠에서 깨어나 창밖으로 고개를 내밀었다. 왕성의 정경을 확인한 루슬릭의 눈에서 졸림이 사라졌다.

"꽤 큰데?"

눈이 부실 정도로 아름답게 가꾸어진 정원과 고개가 아플 정도로 올려다봐야 하는 성의 웅장함에 루슬릭은 진심으로 감탄했다.

여러 나라의 수도를 다니며 왕성에 초대된 적도 몇 번 있었지만, 이 정도 규모의 성은 두 번째였다.

"안톤 제국의 성보다 조금 작은 정도네."

"안톤 제국에도 가봤나?"

"몇 번 갔었죠."

안톤 제국과 연합 왕국의 싸움.

대대적인 전쟁이라기보다는 작은 불협화음 정도였지만, 워낙 거인들끼리 싸우다 보니 안톤 제국은 용병왕국에서 용병들을 고용했었다.

그때 대표로 안톤 제국으로 고용된 용병이 바로 루슬릭과 제1로열 나이트 용병단이었다. 그 당시 루슬릭은 안톤 제국의 황성에 다녀올 일이 한 번 있었는데, 그곳은 그야말로 입이 떡 벌어질 정도로 어마어마했다.

"다른 왕국의 성과 비교했다면 기분 나빴을 텐데, 황성과 비교를 하니 기분이 썩 괜찮군."

"아무래도 대륙의 중심이다 보니까 신경을 많이 썼나 봐요?"

"전전대 국왕 폐하께서 대대적으로 성을 지으셨지. 투입된 인력과 시간은 돈으로 환산하기 어려울 정도였네."

왕성에 대해 자랑하며 뿌듯한 미소를 짓는 모습에서 아르만 공작의 국가에 대한 충성심을 엿볼 수 있었다. 하지만 정작 루슬릭은 그저 창밖으로 보이는 풍경과 성을 구경하며 '괜찮네.' 하고 중얼거릴 뿐이었다.

마차가 왕성의 옆을 지나쳤다. 당연히 루블 국왕을 보러 갈 줄 알았던 루슬릭은 의아한 마음에 물었다.

"폐하를 보러 가던 것 아니었습니까?"

"폐하는 지금 국정을 돌보시는 중이시네."

"……그리 바쁜 양반이 파티에나 돌아다니셨습니까?"

"놀 땐 놀고, 일할 땐 일하는 훌륭한 분이시지."

"아, 예. 그래서 저희는 어디로 가는 겁니까?"

"가보면 알게 될 거네."

두루뭉술한 대답에 루슬릭이 눈살을 찌푸렸다. 하지만 어차피 그의 말대로 금방 알게 될 일이기도 했다.

턱을 괴며 창밖을 바라보던 그가 멀리 보이는 야외 연무장을 발견했다.

대강 뭔지 짐작이 갔다.

마차가 연무장에 도착하자, 루슬릭을 선두로 루나와 아르만 공작이 마차에서 내렸다.

"여기 이놈들 다 용병 맞죠?"

야외 연무장에 모여 있는 수많은 사람.

어림잡아 삼천은 넘어 보이는 인원이었다. 그들이 입고 있는 복장이나 제각각 다른 분위기에서 루슬릭은 그들이 병사가 아닌 용병임을 알 수 있었다.

"그래."

"생각보다 일이 빠르네요. 다른 단원들이야 이제부터 구하려는 줄 알았는데."

"말하지 않았는가? 이미 몇 년 전부터 계획하던 일이라고. 이제 용병들을 이끌 사람만 구하기면 하면 완성이었네."

"그 단장이 저고요?"

"그렇지."

이미 오래전부터 계획했다더니, 그 말이 그냥 하는 말은 아니었던 모양이었다.

이 자리에 모여 있는 용병들만 해도 족히 삼천. 제멋대로인 용병들을 이렇게까지 모아 놓기란 쉽지 않은 일이다.

"가세. 인사들이나 나누지."

아르만 공작이 연무장 안으로 걸음을 옮겼다. 루슬릭과 루나가 그 뒤를 따라 들어갔다.

줄을 맞춰 나열해 있는 용병들의 얼굴에는 따분한 기색들이 역력했다. 벌써 몇 시간째 별다른 지시 없이 기다리라는 명령만 내려온 상태였기 때문이다.

그런 상황에서 아르만 공작과 루슬릭, 루나가 들어오자 용병들의 눈이 반짝인 것은 당연한 반응이었다.

특히 이미 아르만 공작의 얼굴을 알고 있던 용병들은 그보다는 뒤쪽에 함께 따라 들어온 루나에게 더 관심을 가졌다.

"역시 얼굴을 가리게 할 걸 그랬나?"

"어차피 이 녀석도 용병단에서 함께할 겁니다. 얼굴을 가리고 활동할 수도 없는데, 그럴 바에야 차라리 모두가 보는 앞에서 한 번에 얼굴을 드러내는 게 낫죠."

웅성거리는 용병들의 반응은 지극히 당연했다. 딴내 나는 용병들 사이에서 루나 정도의 외모를 가진 여자를 만나기란 하늘의 별을 따는 것만큼이나 힘이 들었으니 말이다.

아르만 공작이 있기에 나서지 않는 것일 뿐, 만약 그가 없었더라면 발정 난 용병들 몇몇이 루나에게 치근덕거렸을 게 분명했다.

쿵—

루슬릭이 땅을 강하게 밟았다. 그러자 땅이 쿵, 하고 울리며 흙먼지가 위로 떠올랐다.

용병들의 시선이 루나에게서 루슬릭에게로 돌아갔다. 그는 연무장에 모인 용병들을 슥 둘러보더니 한심하다는 듯 말했다.

"……준비는 무슨, 등신들밖에 없구만."

"뭣!"

가장 가까이서 루슬릭의 중얼거림을 들은 용병이 발끈했다.

하지만 바로 달려들지는 않았다. 아르만 공작과 그 뒤에 수십 명의 호위 기사가 있기 때문이었다.

소란스러움이 조금 가라앉자 아르만 공작이 용병들의 앞으로 나서 말했다.

"여기 함께 온 이자가 바로 너희의 새 단장, 루슬릭이다."

"반갑다, 등신들아."

"……."

추임새처럼 반갑다는 말에 욕을 섞는 루슬릭의 말투에 아르만 공작은 물론 삼천 명의 용병은 모두 할 말을 잃었다.

대체 무슨 깡으로 이 많은 용병 앞에서 저런 건방진 행동을 한단 말인가? 용병들은 화가 오를 대로 올랐다.

"저런 애송이, 난 인정할 수 없소!"

대표로 가장 앞줄에 있던 용병 몇몇이 앞으로 나섰다.

상황이 이상하게 돌아간다는 생각에 아르만 공작이 이마를 탁 짚었다.

"대체 무슨 생각인가?"

"그냥 보세요. 용병이란 것들은 영감님보다 제가 훨씬 더 잘 아니까요."

틀린 말은 아니었다. 설마하니 루슬릭이 용병들에 대해 모를까?

아르만 공작은 일단 믿기로 했다.

터벅―

용병 몇몇이 루슬릭에게로 다가왔다.

총 다섯 명의 용병.

하나같이 범상치 않은 분위기와 실력을 가지고 있었다. 아무래도 이 자리에 모인 용병 중 가장 뛰어난 실력을 가진 용병들 같았다.

"이런 애송이 녀석, 인정 못합니다."

루슬릭보다 머리 하나는 더 큰 덩치의 용병은 굵직한 음성으로 아르만 공작에게 항의했다.

다른 네 명의 용병도 그와 같은 의견인지 고개를 끄덕였다. 아르만 공작으로서는 여기에 대고 무슨 대답을 해줘야 할지 알 수 없었다.

"까라면 까지. 항명이냐?"

그 대답은 아르만 공작이 아닌 루슬릭 쪽에서 나왔다.

그러자 용병은 눈에 불을 켜며 이를 드러냈다.

"난 아직 네놈을 단장으로 인정한 적 없다."

"곧 하게 될 건데. 뭐든 미리미리 하는 게 좋다고 엄마한테 안 배웠냐?"

"……어린놈이 정말 죽고 싶은 모양이구나."

겉으로 보이는 모습만으로 판단한 용병은 루슬릭을 이십 대의 젊은 용병이라 생각했다.

나이가 꼭 실력을 나타내는 증표는 아니지만 대충 비례한다고 볼 수는 있었다. 나이가 어린 이십 대 용병들은 끽해야

B급 용병 정도가 대부분이었으니 말이다.

간혹 이십 대 초반의 나이로 A급 용병에 오른 이들도 있었지만, 그런 경우는 극히 드물었다. 때문에 그들은 루슬릭을 나이에 비해 실력이 좀 있는 A급 용병 정도로만 생각했다.

"늙은 게 자랑도 아니고, 어린 것은… 자랑이긴 한데, 내가 그리 어리진 않으니 넘어가자. 너도 알 거 아냐? 우리가 언제 쫌생이처럼 아가리 놀리고 살았냐?"

씩 웃으며 손가락을 까닥거리는 모양새가 얄밉기 짝이 없었다. 용병은 아르만 공작이 지켜보고 있다는 사실조차 잊은 채 눈을 까뒤집고 달려들었다.

"네 이놈!"

뻐억―!

경쾌한 소리와 함께 루슬릭의 주먹이 용병의 얼굴을 후려쳤다. 둘 사이의 거리가 순식간에 좁혀진다 싶더니 어, 하는 그 순간 일어난 일이었다.

거대한 덩치가 몇 미터씩이나 날아갔다. 눈으로 보면서도 믿기 힘든 광경에 연무장에 모인 용병들은 입을 떡 벌렸다.

쿵―!

"크윽."

용병은 얻어맞은 얼굴을 부여잡으며 어지러움을 참고 자리에서 일어났다. 생각보다 강한 맷집에 루슬릭이 휘파람을 불며 의외라는 듯 말했다.

"덩치 때문인가? 단단하네."

"이놈… 기습을 하다니……."

"뭐라는 거야? 니가 달려들었냐, 내가 달려들었냐? 뇌가 붕어냐, 넌?"

반박할 말이 없었다. 흥분해서 달려들었던 것까지는 생각이 나는데, 대체 언제 움직인 것인지 어느새 루슬릭의 주먹에 얻어맞고 날아가고 있었다.

단 한 번 주먹을 휘둘렀을 뿐이지만 루슬릭의 앞으로 나선 다섯 명의 용병은 그의 실력이 범상치 않다는 것을 알 수 있었다.

"생각보다 단단해서 놀랐네. 다음엔 조금 더 세게 때려주마."

"방금은 내가 방심해서 그런 거다!"

"꼭 실력 없는 것들이 그러더라. 방심했다고."

다시 덤벼보라는 듯 루슬릭이 씩 웃으며 손가락을 까닥였다. 아까와 똑같은 상황에서 용병은 다시금 달려들려고 자세를 취했다.

"잠깐 기다려라."

그때, 뒤쪽에 있던 용병이 그의 어깨를 붙잡아 말렸다.

"제라스 왕국 남부 용병 베가다. 아까 보니 실력이 범상치 않던데, 이름을 듣고 싶군."

"베가—!"

그의 소개에 연무장에 모여 있던 용병들이 깜짝 놀랐다.

남부 지역의 용병 베가라면 몇 년 전까지 남부 용병 지부의 지부장이었던 인물이었다. 그는 당연하게도 S급 용병이었으며, 제라스 왕국에서 가장 뛰어난 용병 중 한 명으로 거론되었다.

적어도 베가는 앞서 달려들었던 덩치만 큰 용병과는 달랐다. 루슬릭의 언행에 흥분하지 않는 것만 봐도 그가 얼마나 신중하고 노련한지 알 수 있었다.

"루슬릭이라고, 방금 안 들었냐?"

"관심 없었다."

"저 녀석처럼 기억력이 붕어가 아니라?"

"……넌 사람을 열 받게 만드는 재주가 있군."

"잘 아네. 멍청이는 아닌가 봐. 야, 근데. 다른 놈들은 뭐하냐?"

루슬릭은 눈치만 보고 있는 다른 세 명의 용병을 둘러봤다.

나름 한가락 한다 하는 그들이었다. 실력만으로 따지면 그들 세 명도 베가에게 크게 뒤지지 않았다. 하지만 그들은 앞서 두 명처럼 쉽게 나서지 못했다.

그게 이득이기 때문이었다.

루슬릭과 은연중 단장 후보로 떠오르던 다섯 명의 용병이 모였다. 그들은 이 자리가 곧 제라스 용병단의 단장을 정하는 자리임을 알 수 있었다.

마지막까지 서 있는 자가 단장이다!

그것을 아는 이상, 쉽사리 나서서 체력을 빼놓을 수가 없었던 것이다.

"멍청한 놈들이 쓸데없이 짱구 굴리기는."

스릉—

루슬릭의 검이 오래간만에 세상 빛을 보았다. 어지간한 일은 검을 뽑지 않고 주먹으로 해결 보는 그였지만, 지금 이 자리에서는 그 어느 때보다도 압도적인 실력을 보여줄 필요가 있었다.

"깔작거리지 말고 한꺼번에 덤벼라."

"……자신감이 과하군."

"자신감이라면 넘치지. 실력만큼이나. 그래서 하는 말인데 니들처럼 실력도 없고 자신감도 없고, 뭣도 없는 새끼들이 이 많은 등신을 이끌고 제대로 일이나 하겠냐?"

가슴 한쪽이 찔린 베가는 이를 악물었다.

루슬릭의 저 행동은 오만하다고 볼 수도 있지만 실력만 뒷받침된다면 그건 자신감이었다. 그에 비해 자신 쪽에서는 누구 하나 나서서 상대하려고 하는 이가 없었다.

부끄럽지만 인정할 수밖에 없었다. 루슬릭은 이 자리에 모인 그 어느 누구보다 단장이라는 자리에 잘 어울렸다. 단원들은 자신감 없는 단장을 믿고 따라주지 않으니까 말이다.

"합공하지."

"베가!"

"사실대로 말해봐라. 혼자서 저자를 이길 수 있다 자신하는 사람 있나?"

그 누구도 확실히 대답하지 못했다.

루슬릭이 보여준 신위는 그 정도로 대단했다. 단 한 번일 뿐이지만 그 누구도 루슬릭이 주먹을 어떻게 날리는지 보지 못했다.

위축되고 조심스러워지는 게 당연했다.

고민은 길지 않았다. 베가가 먼저 나서서 치욕을 감수하고 합공을 제안하니 그들은 베가를 중심으로 뭉쳤다.

한 지역에서 최고의 용병으로 불렸던 용병이 합공을 제안한다는 것은 자존심을 버린 행동이었다. 하지만 합리적인 사고의 루슬릭에게는 그런 모습이 영 마음에 들었다.

"똑똑하네. 실력이 안 되면 쪽수로라도 균형을 맞춰야지."

"……우리를 비겁하다 욕하지 말게."

"너희야말로 처맞고 아프다고 욕하지 마라. 먼저들 덤벼."

자세도 잡지 않고 무방비 상태로 훤히 가슴을 드러낸 루슬릭을 향해 처음의 거구의 용병이 달려들었다.

"네놈은 내가 죽인다!"

"……아, 정말. 막스 같은 놈이네."

직설적인 공격밖에 모르는 막스를 떠올리게 만드는 용병의 모습에 루슬릭이 피식 실소를 흘렸다.

하지만 정직하기만 한 공격은 너무나도 피하기가 쉬웠다. 물 흐르듯 자연스럽게 공격을 빗겨낸 루슬릭은 그대로 용병의 어깨에 검을 찔렀다.

푸욱―

"크악!"

검을 잡은 어깨가 꿰뚫리자 용병은 검을 잡고 있던 손을 놓았다. 그대로 검을 휘두르면 팔이 잘려 나갈 판이었다.

"보아하니 이놈이 제일 약해 보이고, 다른 놈들은 덤빌 생각 없냐?"

순식간에 한 명이 당하자 베가를 포함한 다른 세 명은 그제서야 확실하게 합공할 마음이 들었다. 지금까지는 루슬릭의 정확한 실력을 알지 못해 조금 망설였는데, 이제는 확실히 알 수 있었다.

루슬릭의 실력은 그들보다 훨씬 위였다.

"긴장하게."

"적한테 충고하는 멍청이가 어디 있냐? 잔말 말고 덤비기나 해."

쉬이익―

말이 끝나기가 무섭게 루슬릭이 네 명 사이로 파고들었다.

"안 그러면 이렇게 내가 먼저 움직일 수도 있으니까."

쐐애애액―!

루슬릭의 검이 반원을 그렸다. 서둘러 몸을 뒤로 날린 용병들은 다행히 그의 공격을 피할 수 있었다.

하지만 제각기 다른 위치로 떨어진 탓에 애초에 생각했던 사대일의 싸움이 아닌, 일대일의 싸움이 되었다.

쩌엉―!

몸을 날린 루슬릭의 검이 한 용병의 검과 부딪혔다. 용병은 루슬릭의 압도적인 힘에 양손으로 겨우 검을 쥐어 버렸다.

"끄윽."

"그래도 역시 한가락들은 하네."

쉬익―

까앙―!

검을 살짝 비튼 루슬릭이 그대로 다시 한 번 검을 휘둘렀다. 용병은 급하게 검을 들어 막았으나, 검 자체가 부러져 버렸다.

뻐억―!

"커억!"

루슬릭의 주먹이 용병의 복부에 박혔다. 허리가 기역자로 꺾이며 용병이 하늘로 붕 떠올랐다.

얼마나 세게 맞았는지 먹었던 것을 모두 게워내며 용병이 바닥에 쓰러졌다.

그때, 베가를 제외한 다른 두 명의 용병이 서로 양쪽에서 루슬릭을 노리고 달려들었다. 그들은 제법 날카롭게 검을 찔러 왔는데, 루슬릭은 받아치기보다는 몸을 날려 피하는 쪽을 택했다.

까앙―!

두 용병의 검이 목표를 잃고 부딪쳤다. 하지만 이내 검을 회수하고는 루슬릭을 향해 집요하게 달려들었다.

캉, 까가가강―!

두 자루의 검이 이리저리 움직이며 루슬릭을 뱀처럼 집요하게 쫓았다. 아무래도 오래전부터 손발을 맞춰온 듯, 호흡이 척척 맞았다.

앞의 둘은 비교적 약한 면이 있었는데, 합공을 펼치는 두 사람의 실력은 용병왕국에서도 보기 힘들 정도로 뛰어났다. 한 명, 한 명이 오웬 백작가에 고용되었던 발터스라는 용병과

비슷한 수준이었는데, 둘의 합공이라면 파이온이나 카사크라
고 하더라도 꽤 고전할 것 같았다.

"쓸 만하네."

쩌정—!

두 사람의 실력에 판단을 내린 루슬릭은 검을 크게 대각으
로 휘둘러 공방을 끊었다. 강한 힘으로 휘두른 검은 두 사람
의 검을 허공으로 튕겨냈다.

"크윽!"

"멈추지 말고 밀어 붙여야……."

스윽—

루슬릭의 얼굴이 바로 눈앞까지 다가왔다.

"아니, 멈춘 순간 끝이야."

서거걱—

"크아아아악!"

순식간에 십여 번이나 검이 휘둘러졌다. 몸 이곳저곳에 난
검상에 합공을 펼치던 두 용병은 비명을 지르며 바닥에 뒹굴
었다.

그야말로 아차 하는 사이 네 명의 용병이 당했다. 이제 남
은 사람은 베가 한 명뿐이었다.

"기다렸냐?"

"……끼어들 틈이 없더군."

베가의 선택은 훌륭했다.

앞의 두 용병은 오랫동안 호흡을 맞춰온 것처럼 척척 들어맞았다. 그런 틈에 베가가 끼어들었다면 괜히 두 사람의 합공에 방해가 될 뿐이다.

실력은 아직 확인해 보지 못했지만, 눈썰미는 확실히 좋았다. 루슬릭이 이 자리에 모인 용병들 중에서 가장 기대가 되는 녀석이었다.

"넌 그래도 꽤 쓸 만해 보이는데."

"저기 쓰러져 있는 머저리들보다야 낫지."

"말하는 모양새도 맘에 들고."

"그거 고맙군."

더 이상의 말은 필요 없다는 듯, 베가가 검을 고쳐 잡았다.

꽤나 오랜만에 본 물건이다 싶었다. 루슬릭은 아까와는 달리 제대로 자세를 잡았다.

"실력이나 좀 보자."

"미안하지만 먼저 공격하도록 하지. 넌 그만큼 강적이니."

"마음대로."

타닥―

가볍게 땅을 밟으며 베가가 검을 수직으로 내려쳤다. 부드럽지만 강한 힘이 실린 일격이었다.

루슬릭은 검을 받아치는 대신 부드럽게 흘려보냈다. 양손으로 내리친 덕인지 베가의 옆구리가 훤히 보였다.

뻐억―!

루슬릭의 주먹과 베가의 주먹이 충돌했다. 그 자세에서 다시 검을 휘두르는 것은 무리지만, 한 손을 떼어 주먹을 휘두르는 것은 가능했던 것이다.

검만을 고집하지 않고 유연하게 대처하는 실력은 높이 살만했다. 게다가 주먹도 꽤나 묵직했다.

쉬익― 까강―!

베가는 검과 주먹, 그리고 다리까지 모든 공격 가능한 방법을 동원했다. 주먹은 묵직하고 예리했으며, 검은 매서웠다. 루슬릭은 내심 베가의 실력을 관찰하며 놀랐다.

'루나보다 강할지도 모르겠군.'

용병왕국에서도 찾아보기 힘든 실력이었다. 제라스 왕국이 좁은 왕국은 아니지만, 그래도 이 정도 수준의 실력자가 숨어 있을 줄은 몰랐다.

제라스 왕국 제일 용병.

그 말이 결코 헛소문만은 아니었다.

"이건 그냥 한가락 하는 정도가 아닌데?"

백여 번의 공방이 오고가고, 루슬릭은 베가에 대한 평가를 끝마쳤다.

오로지 실력 위주의 용병단.

제라스 용병단의 기준은 그것이었다.

"너, 아니면 카사크. 둘 중 한 놈이 부단장이다."

"아니, 단장은 바로 나다!"

"그건 꿈 깨, 임마."

쉬이이익—!

까앙—!

진심으로 휘두른 일격.

베가의 손에서 검이 날아갔다.

"나랑 넌, 노는 물이 달라."

*　　　*　　　*

베가의 실력은 루슬릭이 아는 단원들과 비슷하거나 조금 더 위였다.

단원들 중에서 실력이 가장 뛰어난 편인 카사크나 토르 정도와 정확히 비슷했다.

하지만 그 정도 실력으로 루슬릭을 이기기란 기적이 일어난다 해도 불가능했다.

두 사람의 싸움은 루슬릭이 실력을 발휘하기 시작하면서 일방적으로 끝이 났다.

실력이 가장 뛰어난 다섯 명의 용병이 눈앞에서 일방적으로 당하자 다른 용병들은 자연스럽게 조용해졌다.

불만이 있을 리 없었다.

용병들의 법칙은 곧 강자존. 강한 사람이 단장이 되는 것은 지극히 당연한 수순이었다.

하지만 그 세계는 이해하지 못하는 이들이 봤을 때에는 야만적이거나 단순하기 짝이 없었다.

"무척 단순하군."

아르만 공작의 눈에가 바로 그랬다. 그는 단순히 힘으로 찍어 누르는 루슬릭의 방식이 영 미심쩍었다.

"원래 용병들이 다 그렇죠, 뭐."

"차라리 자네 정체를 밝히는 게 낫지 않았겠나?"

"그랬다면 아마 따라오긴 했을 겁니다. 하지만 그래도 언젠가 실력을 보여줄 필요는 있었어요. 그걸 미리 한 것뿐입니다."

"음. 힘을 보여준 것만으로 효과가 있다?"

"네, 그런 거죠."

"단순한데 합리적이군."

정치 또한 그렇게만 된다면 얼마나 편할까?

단순한 만큼 편한 것도 없다. 힘으로 통제되는 집단이라면 힘이 약해지지 않는 이상 휘청거리고 무너질 걱정 또한 없다.

복잡하기 짝이 없는 정치판에서 귀족들과 엉켜온 아르만

공작에게는 그런 용병들의 세계도 꽤나 매력적으로 다가왔다.

왜 용병들의 시대가 왔는지 이젠 알 것 같았다.

아르만 공작은 루슬릭과 루나를 데리고 왕성의 방으로 안내했다.

이미 루블 국왕의 언질로 왕성 내에는 두 사람이 사용할 방이 마련되어 있었다.

이젠 루슬릭과 루나, 두 사람 모두 제라스 왕국의 왕성에서 녹을 먹고 사는 중책을 맡았다.

시녀들이 루슬릭과 루나가 입을 예복을 가지고 왔다. 구김 하나 없이 반듯하게 펴진 예복은 입기 거북할 정도였다.

루나의 옷은 장식이 주렁주렁 달린 옷이었는데, 귀족들도 거의 입지 않는 호화롭기 짝이 없는 복장이었다.

"……다 꺼져."

"예?"

"그거 얼마짜리냐? 찢어버리기 전에 그냥 가라."

입기 거북한 옷에 루슬릭은 표정을 구기며 시녀들을 쫓아 냈다. 루나 역시 편한 복장만을 고집하다가 귀족 여식의 옷을 보니 토가 쏠렸다.

"서방, 설마 우리 앞으로 저런 거 입고 다녀야 돼?"

"미쳤냐?"

"그렇지?"

참으로 오랜만에 죽이 맞았다.

결국 루슬릭과 루나는 궁중 예복을 거절했다. 어차피 평소에도 예의를 차리고 만난 사이는 아니었기에 아르만 공작은 예복을 거절한 루슬릭을 그리 이상하게 여기지 않았다.

대전에서는 이른 아침부터 계속된 대전 회의로 수많은 귀족들이 밖으로 나오고 있었다.

그들 중에는 어제까지만 해도 아르만 공작의 저택에서 파티를 즐겼던 귀족들도 더러 있어 아르만 공작은 그들과 일일이 인사를 나누느라 바빴다.

"뒤쪽에 자네가 제라스 용병단의 단장을 맡게 된 친구인가?"

한 귀족이 루슬릭의 얼굴을 알아보고는 인사를 건넸다.

하지만 루슬릭은 굳이 귀족들과 길게 인사할 생각이 없어 시큰둥하게 대답했다.

"네."

"……."

이야기하고 싶지 않다는 티를 팍팍 풍기며 단답으로 대답하자 귀족은 멋쩍어 하며 물러났다.

간혹 루나에게 말을 거는 젊은 귀족들도 있었는데, 그녀는 눈만 깜박이며 말을 모르는 벙어리처럼 가만히 있었다.

아르만 공작의 일행이기에 시비가 붙지는 않았지만 충분히 기분이 나쁠 만한 태도였다.

하지만 루슬릭은 이런 잘못되었다 생각하지 않았다.

오히려 여기서 대화를 거부하는 게 앞으로 좋은 일이라고 생각했다.

용병단이 활동하는 데 있어서 귀족들이 얽히면 무척 귀찮아질 테니 말이다.

"들어가지."

시종에게 출입을 알리자, 곧 안쪽에서 루블 국왕의 대답에 들려왔다.

아르만 공작을 선두로 루슬릭과 루나가 대전 안으로 들어갔다.

천 명은 족히 들어갈 법한 거대한 공간이 시야를 꽉 채웠다. 제라스 왕국의 모든 대소사가 결정되는 곳이었다.

대전의 끝, 중앙에는 방금 전까지 귀족들과 함께 이야기를 나누던 루블 국왕이 지친 표정으로 앉아 있었다.

"왔는가?"

아르만 공작은 가볍게 예를 취했다. 공석이라면 모를까, 이렇게 적은 수로 만날 때에는 크게 예의를 차리지 않는 두 사람이었다.

"많이 힘들어 보이십니다."

"좀 힘들긴 하군. 나도 이제 나이를 먹었나 봐."

"이제 사십 줄이시면서 그러십니까? 신은 죽어야 하나 봅니다."

"그런 뜻이 아니었네."

터덜터덜 웃으며 루블 국왕이 아르만 공작에게서 루슬릭에게로 시선을 돌렸다.

"잘 와주었다. 덕분에 고민거리가 하나 줄었군."

"아직 남아는 있나 봅니다."

"남았지. 자네를 어떻게든 제 뜻대로 해보려는 귀족들이 한둘이 아니니. 왕실에 새로운 큰 힘이 생겼으니, 그것을 취하려는 자가 나타나는 것은 당연하지 않으냐?"

루블 국왕의 입장에서는 무척 큰 걱정거리.

힘에 눈이 먼 귀족들의 눈을 어떻게 다시 뜨게 만드느냐는 선대 국왕들을 통틀어 가장 큰 난제였다.

"죽여 버리십시오."

"……뭐라?"

"입이 있기에 떠들 수 있는 것 아닙니까? 국왕에게 반하는 자, 어리석은 자, 자격이 없습니다. 목을 베십시오."

너무나도 간단한 해결 방법이었다. 누구나 생각할 수 있는 대답이었다.

그와 동시에 그에 따른 책임을 생각하지 않은 우둔한 대답이라고 할 수 있었다.

루블 국왕 역시 그 생각을 해보지 않은 것이 아니었다. 가끔 대화가 통하지 않고, 위험한 생각을 하는 귀족들을 볼 때는 차라리 쥐도 새도 모르게 죽여 버릴까 하는 생각도 종종 했다.

하지만 그로 인해 벌어지는 여파는 고스란히 다시 돌아오게 마련이었다.

"뭘 그리 보십니까? 저희 왕국에서는 그렇게 했습니다. 반하는 자는 죽이고, 따르는 자는 힘을 얻었습니다."

"……그래. 잠시 잊고 있었군. 자네와 우리는 사는 세계가 다르다는 것을. 그것이 용병들의 생리인가?"

"생리까지는 아니고… 그냥 단순한 거죠."

"루슬릭. 자네는 최고의 용병이 맞네. 하지만 자네는 왕으로서 지배할 수는 있어도 다스릴 수는 없을 것 같군."

"그 자리에 앉을 생각도 없으니, 너무 걱정 마십시오."

쥐도 안 갖겠다는, 위험한 발언이었다.

하지만 아르만 공작만이 살짝 표정을 찌푸렸을 뿐, 루블 국왕은 그저 웃음을 터뜨리는 것으로 넘어갔다.

"크하하핫! 그래, 고맙구나."

"그래서 부른 용건이 뭡니까?"

"아르만 공작과 함께 네가 여기로 왔다면 이미 제라스 용병단의 단원들과 인사는 끝난 후겠지?"

인사라고 하기엔 거창하지만 이미 만난 후기에 루슬릭은 고개를 끄덕였다.

"다행이구나. 미안하지만 벌써부터 네게 부탁해야 할 일이 생겼다."

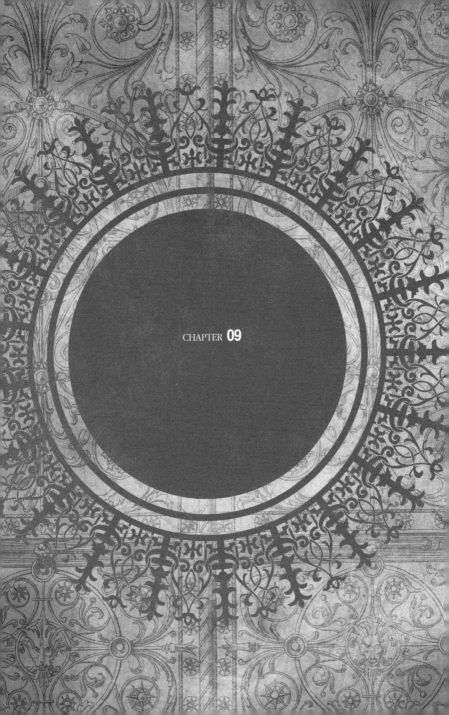
CHAPTER **09**

용병왕국에서 개인 집무실을 가지고 있는 사람은 단 셋뿐
이었다.

용병왕과 렝, 그리고 제3 로열 나이트 용병단의 단장 칼프.

그리고 그들 중 한 명인 렝은 언제나 자신의 개인 집무실에
서 정기적인 보고를 받았다.

"스테반 녀석이 죽어?"

제2로열 나이트 용병단의 제3번대.

규모 자체는 이백 명 단위로 평범한 용병단과 비슷한 수준
이었지만 그들의 수준이나 단장인 스테반은 평범한 용병과

같다고 볼 수 없었다.

스테반의 실력은 어지간한 S급 용병을 웃돌았으며, 그 밑에 소속되어 있는 용병들 역시 최소가 B급이었다.

대규모 전쟁이라도 벌어지지 않는 이상 그들이 어디 가서 당하고 올 일은 없었다. 더군다나 이번 의뢰가 단순한 호위 의뢰였던 것을 생각해 보면, 그들을 상대할 몬스터나 산적 따위가 있을 가능성은 어디에도 존재하지 않았다.

"자세히 설명해 보거라."

아끼던 수하가 죽었다는 보고에 렝은 무척 화가 났다.

루슬릭처럼 수하는 지독하게 아끼는 성격은 아니었지만 렝은 그 나름대로 수하를 아끼는 기준이 있었다. 그 기준은 당연하게도 '실력' 위주였는데, 스테반은 꽤나 유능한 수하였다.

스테반이 죽었다는 소식을 들고 온 수하는 제2로열 나이트 용병단 제3번대의 단원이었다. 그는 렝이 화가 났다는 사실을 눈치채고는 무척 조심스럽게 입을 열었다.

"그곳에서… 루슬릭 님을 만났습니다."

"……루슬릭을?"

의자에 앉아 있던 렝이 자리에서 벌떡 일어났다.

예상치도 못한 이름이 용병의 입에서 흘러나온 것이다.

"자세히 말해라."

"저희는 예정대로 아르만 공작가의 상단의 의뢰를 맡았습니다. 규모가 큰 일이라 스테반 단장이 직접 저희를 이끌었고, 별다른 일 없이 아르만 공작의 저택에 도착할 수 있었습니다."

"그곳에서 루슬릭을 만난 건가?"

"예. 그는 아르만 공작가에 초대된 손님 같았습니다."

렝은 더 이상 질문하지 않았다.

루슬릭과 스테반이 만나서 다툼이 일어났다면, 스테반의 죽음은 너무나도 당연했다. 스테반이 꽤 실력이 있는 편이긴 했지만 제1로열 나이트 단장이었던 루슬릭의 손에서 살아남기란 불가능한 일이었다.

문제는 루슬릭이 스테반은 죽인 이유다.

하지만 그 이유도 조금만 생각해 보면 알 수 있었다. 어떤 이유에서건 렝은 이미 한 번 루슬릭이 아끼던 수하를 죽였었고, 그에 대한 복수를 했다고도 볼 수 있는 것이다.

이미 다 끝난 마당에 옹졸하다고 볼 수도 있지만 루슬릭에게 있어서는 잃어버린 수하의 넋을 그런 식으로라도 달래는 셈이었다.

"결국, 아직 끝나지 않았다는 것이군. 차라리 잘됐어."

처음 화난 표정은 어디가고 렝의 입가에 미소가 감돌았다.

"나 역시, 아직 끝나지 않았으니."

　　　　*　　　　*　　　　*

　하즐링 백작령으로 돌아온 레바논은 그사이 찾아온 손님들을 맞느라 상당히 애를 먹어야 했다.

　어떻게 된 일인지 레바논보다도 더 빨리 아르만 공작의 저택에서 찾아온 귀족들이 꽤 있었다. 그들은 수도에서 친해지지 못한 레바논과 친분을 맺고 싶어 했다.

　레바논도 그들과 친해져서 굳이 나쁠 건 없기에 꽤나 정중히 상대해 주었다. 다행히 그들도 눈치가 있는지 긴 여정으로 피곤한 레바논을 오랫동안 괴롭히지는 않았다.

　"피곤하군."

　손님으로 찾아온 귀족들의 상대가 끝나자 레바논은 지친 몸을 이끌고 성 밖으로 나갔다.

　조금이라도 자고 싶지만 밀린 업무도 있고 잠시 바람을 쐬고 싶은 마음도 들었다.

　호위 기사 한 명과 카사크가 그의 뒤를 따랐다. 카사크 역시 성 안에만 있던 것이 답답하던 참이었다.

　"내일 준비가 되는 대로 떠나게나."

　"근질거려 죽겠소. 아무래도 난 가만히 앉아서 놀고먹는 체질은 아닌가 보오."

"그래 보이구려."

우락부락 근육질로 다져진 덩치의 카사크는 가만히 앉아서 놀기보다는 크게 몸을 움직이는 게 체질에 맞아 보였다. 거기에 대해서는 레바논 역시 별달리 이견을 달 생각이 없었다.

이끄는 대로 걸음을 옮긴 그들이 영주성 성문 근처에서 잠시 걸음을 멈췄다. 성문 쪽에서는 경비병과 웬 허름한 손님이 실랑이를 벌이고 있었다.

"행색을 보니… 거지인가?"

레바논은 별로 대수롭지 않게 여기고는 다시 영주성으로 돌아가려고 했다.

한데, 그런 그의 호기심을 자극하는 말이 카사크의 입에서 튀어나왔다.

"아니, 용병이오."

"용병?"

요 근래 들어서 부쩍 용병에 대한 관심이 높아진 레바논이다.

그의 동생인 루슬릭도 용병이거니와, 주위의 루나나 파이온, 카사크와 같은 실력자들이 모두 용병이었다. 더군다나 루블 국왕까지 용병에 높은 관심을 가지니 어찌 그가 용병이란 이들에게 무관심할 수 있을까?

행색은 거지같지만 용병들 중에서도 꽤나 실력이 있는 카사크의 말이었다. 그가 용병이라면 용병인 것이다.

　호기심을 이기지 못한 레바논은 실랑이가 벌어지는 곳으로 다가갔다.

　"무슨 일이냐?"

　"여, 영주님!"

　레바논이 직접 나타나자 경비병이 화들짝 놀라 고개를 조아렸다. 거지 복색의 용병 역시 영주라는 말에 살짝 고개를 숙였다.

　"별일 아닙니다. 영주님이 직접 나서실 것까지는……."

　"관심이 있어서 말이다. 자네, 용병이 맞는가?"

　"그렇습니다."

　잘 먹지 못해 살이 홀쭉한 느낌은 있지만 자세히 보니 꽤나 잘 단련된 근육으로 단련되어 있었다. 가까이서 본 레바논은 그가 그저 거지가 아님을 확신할 수 있었다.

　"무슨 일이기에 이런 소란인가?"

　"꼭 전해야 하는 서신이 있습니다."

　용병은 손에 들고 있는 꼬깃꼬깃 구겨진 종이를 보였다. 그냥 구겨진 것만이 아니라 오가는 길에 먼지가 잔뜩 묻어 누렇게 변한, 서신이라고 갖다 붙이기도 민망한 종이 뭉치였다.

　"누구에게 전해야 하는 것이지? 이름은 아나?"

"네. 루슬릭 단장에게라고……."

예상치 못한 이름이 나오자 레바논이 깜짝 놀랐다.

뒤쪽에서 상황을 지켜보던 카사크가 레바논의 앞으로 나서 물었다.

"이름이 뭐지?"

"호, 혹시 카사크 부단장님입니까? 저 밀러입니다. 기억하십니까?"

"밀러라면… 하르트 녀석 옆에서 촐싹대던, 그 녀석?"

하르트는 루슬릭의 단원 중 한 명이었다. 또한, 말단 단원이었던 밀러에게는 바로 직속상관인 부단장이기도 했다.

바로 얼마 전까지 루슬릭이 찾고 있던 단원 중 한 명.

그가 바로 하르트였다.

"너 원랜 좀 뚱뚱하지 않았나?"

"살이 좀 빠졌습니다. 요새 제대로 끼니를 못 먹어서……."

"무슨 일이 있었던 거지?"

"아! 이럴 때가 아닙니다. 카사크 님. 루슬릭 님은 어디 계십니까? 분명 여기 있다는 이야기를 듣고 왔는데……."

"단장은 안 계시다. 할 말이 있다면 나에게 대신 전해라."

루슬릭의 부재 소식에 당황한 표정을 짓던 밀러는 곧 손에서 구겨진 서신을 카사크에게 건넸다.

불안해진 카사크는 건네받은 서신을 펼쳐 빠르게 읽었다. 지저분해지긴 했지만 다행히 글씨를 읽는 데는 큰 무리가 없었다.

서신을 읽어 내려가는 카사크의 손아귀에 힘이 들어갔다.

*　　　*　　　*

촤아악—

보통의 피와는 다른, 녹색 피가 분수가 되어 쏟아졌다.

그것은 사람이 아닌 몬스터의 피였다. 깊은 산길에 서식하는 몬스터의 피는 보통의 사람들과는 달리 붉은색이 아닌 녹색을 띤다.

몬스터의 피를 처음 보는 사람들은 토막 난 몬스터의 피를 보며 헛구역질을 해댔지만, 그 모습이 익숙한 용병들은 덤덤하게 몬스터를 학살하고 있었다.

그들이 학살하고 있는 몬스터는 녹색 피를 가진 대표적인 몬스터로 오크라는 이름을 가지고 있었다. 돼지의 머리를 띤 인간 형상의 몬스터로, 성인 남성을 웃도는 힘을 가진 무시할 수 없는 전투 종족이었다.

용병들 사이에서 한 번 검을 휘두를 때마다 두셋의 목을 떨어뜨리는 루슬릭은 긴장감 없이 한숨을 내쉬었다.

"이 짓도 피 보는 건 똑같네. 색만 다르지."

검에 묻은 녹색 피를 툭툭 털어내며 루슬릭이 눈살을 찌푸렸다.

그의 주위에서는 루나가 채찍을 휘두르며 돌아다니고 있었다. 다수의 적을 학살하는 데 있어서는 루나의 채찍을 따라갈 사람이 없었다.

"진짜 마녀 같네."

"다 들린다?'

루슬릭의 중얼거림에 귀가 밝은 그녀는 쌍심지를 키며 그를 노려봤다.

대충 정리되는 분위기였다. 상대를 잘못 골랐다는 것을 눈치챘는지 오크들이 하나둘 숲 속으로 도망가고 있었다.

몬스터를 다 막아내자 용병들이 마차 주위로 모여들었다.

일렬로 길게 늘어선 마차는 제라스 왕국의 물품들이었다. 제라스 용병단의 임무는 이 물자들을 무사히 제라스 왕국의 수도로 가져오는 것이었다.

언뜻 간단해 보이는 임무지만 물자의 양이 어마어마했다. 이 임무에 루슬릭과 루나를 포함해 제라스 용병단의 용병 절반, 족히 천오백 명이 동원되었다.

이 정도면 작은 규모의 전쟁이라도 벌일 수도 있을 정도였다.

"다 좋은데… 물품 목록이 왜 이따위야?"

물품의 내용물을 다시 한 번 확인한 루슬릭이 눈살을 찌푸렸다.

처음에는 식량이나 귀족들의 생필품이 아닌가 생각했다. 하지만 조금만 생각해 보면 제라스 왕국은 자체적으로 식량을 생산하다 못해 타국으로 수출하는 정도로 식량이 넉넉했다. 더군다나 귀족들의 생필품은 귀족들 개개인이 자체적으로 들여오지 왕국에서 들여다 놓지는 않았다.

타국으로 식량을 수출하는 의뢰라면 모를까, 들여오는 의뢰라니.

루슬릭은 마차에 실린 물품을 확인해 보았다.

"……군수물자라. 무슨 전쟁이라도 터지려는 건가?"

철제 무기와 활과 화살들.

마차에 실린 내용물은 이렇듯 전쟁에 필요한 물자들이었다.

용병단이 창설되자마자 얼마나 되었다고 바로 의뢰를 내더니, 그 의뢰가 군수물자의 조달이었다.

생각해 보면 어딘가 착착 맞아 떨어졌다.

제라스 용병단의 설립과 군수물자의 수입.

마치 곧 있을 전쟁에 대비해 군사력을 높이려는 계획 같아 보였다.

게다가 루슬릭이 마음에 들지 않는 부분은 또 있었다.

상단의 호위도 아니고 군수물자 조달이라니?

이래서야 루블 국왕의 사병이나 다를 바가 없었다.

"돌아가면 때려 치든가 해야지 원."

이런 일을 하려고 다시 용병이 된 것이 아니다. 특히나 전쟁에 관련된 일이라면 한사코 사양하고 싶었다.

하지만 일단 맡은 의뢰를 지금 당장 때려 칠 수도 없는 일.

루슬릭은 근처를 걸어가던 베가를 불러 세웠다.

"베가. 사상자랑 부상자 정리하고, 인원 점검해서 빨리 인솔 시작해라."

"……그런 건 단장이 하는 거 아닙니까?"

"닥쳐. 까라면 까."

주먹을 치켜드는 루슬릭을 거부할 깡이 그에겐 없었다. 결국 앓는 소리를 내면서도 베가는 아직 채 쉬지도 못한 몸을 움직일 수밖에 없었다.

그래도 한 때는 남부 지역의 지부장을 맡았던 몸답게 베가는 빠른 속도로 용병들을 인솔하기 시작했다. 인원이 꽤 많긴 했지만 다들 꽤 노련한 용병인지라 통제가 완전히 불가능하지는 않았다.

'나 없어도 잘 돌아가긴 하겠군.'

이런 쪽의 능력 면에서는 루슬릭의 다른 단원들보다 조금

낫다 싶었다.

바스락—

그때, 조금 떨어진 곳에서 나뭇가지가 스치는 소리가 들렸다. 청각이 비상식적으로 발달한 루슬릭이기에 들을 수 있을 정도로 멀리 떨어진 곳이었지만, 한둘이 아니었다.

'또 오크 무리인가?'

루슬릭은 기감을 소리가 들린 방향으로 넓혔다.

그러자 방금 전보다 소리가 더 자세히 들렸다.

오크나 몬스터들 따위의 소리가 아니었다. 그렇다고 산짐승들이 움직이는 소리도 아니었다.

사람이 무리 지어서 움직이는 소리.

풀잎이나 나뭇가지가 스치는 소리로 보건대, 수십 명의 사람이 일제히 움직이고 있었다.

"서방. 들었어?"

루나가 채찍을 회수하고는 다가왔다.

루슬릭만큼은 아니지만 그녀 역시 꽤나 귀가 밝았다. 아니, 주변을 살피는 기감이 유달리 뛰어나다는 표현이 더욱 정확했다.

그녀 역시 멀리 떨어진 곳에서 나는 소리를 들은 것이다.

"당연하지."

"어떡할 거야?"

루슬릭은 그녀가 묻는 의미가 무엇인지 알 수 있었다.

소리나 움직이는 방향이 일관되지 못하고 한 사람이 유독 앞장서 있다.

이런 경우는 뻔했다. 여러 사람이 한 사람을 뒤쫓고 있는 경우다.

그녀는 루슬릭에게 쫓기는 사람을 도와줄 것인지, 그냥 무시할 것인지를 묻고 있었다.

"나보고 어쩌라고?"

"하긴, 서방이 이럴 때 누굴 도와주는 사람은 아니지."

"쫓기는 중이면 그럴 만한 이유가 있겠지."

점점 소리가 들리는 방향이 멀어졌다.

루슬릭의 관심 역시 그들에게서 멀어졌다.

"그냥 간다."

*　　　*　　　*

제라스 용병단이 호위하는 상단은 무사히 제라스 왕국의 국경에 도달하고 있었다.

마차 위에 누워 편안히 움직인 루슬릭은 슬슬 도착한다는 베가의 보고에 게슴츠레 눈을 뜨며 상체를 일으켰다.

뻐근한 목과 어깨를 돌린 루슬릭의 몸에서 우두둑 소리가 났다.

"요새 너무 편하게 잤나?"

침대 위에서 단잠만 자다 보니, 이런 이동 중에 잠을 자는 게 불편해졌다. 용병왕국에서 활동할 때에는 없었던 증상이었다.

물론 그렇다고 해서 다시 불편하게 살 생각은 없었다. 다른 용병들처럼 이런 간단한 임무에 두 다리로 걸어 다닐 생각도 없었고 말이다.

마차 위에서 내린 루슬릭은 멀리 국경을 바라봤다.

"왔다갔다 두 달 정돈가? 생각보다 얼마 안 걸리네."

이 정도 물자를 가지고 두 달 만에 왕복할 수 있다면 꽤나 보급이 용이한 편이었다. 생각보다 제라스 왕국의 환경적 조건이 전쟁이 벌어진다 해도 썩 나쁘지 않다는 게 느껴졌다.

'이런 생각이나 하고, 나도 정신이 나갔군.'

뭘 하든 전쟁과 연결시키는 자신의 사고방식이 썩 마음에 들지 않았다.

후딱 임무를 끝내고 늘어지게 잘 생각으로 루슬릭은 마차를 모는 마부들을 재촉했다.

"단장!"

그때, 국경 쪽 멀리서부터 익숙한 목소리가 들려왔다.

카사크와 파이온이었다.

그들을 부른 사람은 루슬릭이었다. 레바논에게 카사크와 파이온이 수도로 보내달라고 부탁했으니까.

카사크와 파이온은 루슬릭을 향해 허겁지겁 달려왔다. 두 사람이 최대한 빠르게 달려왔으니, 눈 깜짝할 사이 저 멀리 있던 두 사람이 가까이 도착했다.

별일 아니라고 생각한 루슬릭은 이상한 눈으로 두 사람을 바라봤다.

"무슨 일인데 이리 호들갑이야? 왜 수도에 안 있고, 여기 나와 있어?"

"단장. 큰일 났소."

카사크의 표정이 심상치 않았다. 파이온 역시 마찬가지였다.

이 정도로 심각한 표정의 카사크는 무척 오랜만이었다. 그는 처음 렝의 이야기를 꺼냈을 때에도 표정이 이 정도로 심각하지 않았다.

"무슨 일인데?"

"하르트 녀석이 죽게 생겼소."

청천벽력 같은 소리였다.

지금껏 그의 존재를 찾아온 루슬릭에게는 카사크의 입에서 하르트의 이름이 나온 순간 심장이 덜컥 내려앉는 것만 같았다.

"죽게 생겨……? 무슨 소리냐 그게?"

"렝이 아직 하르트를 찾고 있는 것 같소. 아니, 이미 찾아냈소."

"그래서?"

"그 녀석 지금 쫓기고 있소. 하르트 녀석의 수하 밀러라는 녀석 기억하오? 그 녀석이 하르트 녀석의 서신을 가지고 왔소. 여기."

카사크는 말로 하는 것보다는 직접 하르트의 서신을 읽는 게 낫다는 생각에 루슬릭에게 밀러가 가지고 온 서신을 건넸다.

서신의 내용은 지금까지의 근황과 일단의 무리로부터 쫓기고 있다는 것, 그리고 그들 사이에 예전 단원이 끼어 있다는 것이었다.

일반 용병들만 해도 상당한 수준인 데다가 하르트와 비슷한 수준의 용병들까지 다수 끼어 있으니 혼자서는 어쩔 도리가 없었다. 다행히 하르트는 단원들 중 발이 상당히 빠른 편이라 어찌어찌 도망치며 목숨을 부지하는 중이었다.

"이런 시발……."

루슬릭의 손아귀 안에서 종이가 갈기갈기 찢어졌다.

종이는 마치 칼로 베인 듯했다. 살기 어린 루슬릭의 손이 종이를 찢고 베어버린 것이다.

"어떻게 할 거요, 단장?"

"뭘 물어? 당장 찾으러 가야지."

"밀러의 말로는 가장 최근에는 르만 왕국에서 제라스 왕국으로 도망쳐 오던 중이라고 했소. 그리고 그러던 중, 단장의 소문을 듣게 되었다고 했고."

"제라스 왕국으로……?"

그때, 루슬릭의 머릿속으로 한순간이 스쳐갔다.

그리고 루나 역시 마찬가지였다.

"혹시……."

"방금 전에 그 녀석들!"

제라스 왕국 국경 근처에서 도망 다니던 사람.

그런 사람이 흔할 리 없었다. 다행히도 하르트의 행방은 루슬릭이 알고 있었다.

"혹시 만났소?"

"만난 건 아니고, 대충 어느 쪽으로 향했는지는 알 것 같다."

루슬릭이 몸을 돌려 날아갔다.

"따라와."

*　　　*　　　*

"허억, 허억."

국경 주위의 숲을 맴돌며 한 사람이 거칠게 숨을 내쉬었다.

수염도 제대로 깎지 못하고, 하다못해 제대로 씻지조차 못한 남자였다. 제대로 정돈된 모습이라고는 찾아보기 힘든 그는 금방이라도 숨이 넘어갈 듯했다.

그는 바로 옛 제1로열 나이트 용병단에서 루슬릭의 단원이었던 하르트였다.

벌써 몇 시간째 다리를 움직였는지 기억도 나지 않았다. 추적자들의 수는 다 세기 어려울 정도로 많았고, 끈질긴 건 고무줄보다 질겼다.

이번에야말로 잡겠다는 듯 그들은 쉼 없이 따라붙었다. 중간 중간 매복이 숨어 있기도 해서 잠깐조차 숨을 고르거나 방심하지 않을 수 없었다.

슈우욱―

뒤쪽에서 날아온 날카로운 화살에 하트르가 서둘러 몸을 틀었다.

볼을 스치고 간 화살이 나무에 박혔다.

"젠장!"

벌써 화살의 사정거리 안쪽까지 따라붙은 것이다. 하르트는 후들거리는 다리에 더욱 힘을 줬다.

타다다닥―

한참을 정신없이 달렸다. 어디로 도망가야 할지는 알 수 없으나, 최대한 지형이 복잡한 곳으로 가야 저들을 따돌릴 수 있다는 것을 경험으로 알 수 있었다.

하지만 생전 처음 와보는 곳에서 그런 길을 찾는다는 건 불가능한 일이었다.

결국 살고 죽고는 하늘에 맡길 일이었다.

사가각—

수풀을 한참 헤치고 달리자, 드디어 숲의 끝이 보였다.

쏴아아아아아—

"……이런."

하르트는 눈앞에 펼쳐진 풍경에 허탈한 표정을 지었다.

높은 곳에서 불이 부수어지는 진귀한 광경.

거대한 폭포가 눈앞에 나타난 것이다.

"여기까진가 보군."

하르트는 귓속에 스며드는 음성에 날카롭게 반응했다.

그는 자신의 애검을 뽑아 들며 뒤를 돌아봤다. 그곳에는 한때는 반갑게 웃으면서 인사할 수 있었던 옛 동료가 자신을 노려보고 있었다.

"모비스, 네놈……."

"그렇게 노려보지 않았으면 좋겠다. 다 먹고 살자고 하는 짓이니."

주위로 백여 명은 되어 보이는 용병을 거느리며 모비스라 불린 용병이 씁쓸하게 웃었다.

그 역시 하르트와 이런 관계가 되어버린 게 썩 달갑지만은 않은 모양이었다. 되도록 예전처럼 웃으며 등을 맞댈 수 있었다면 좋았을 것을……

지금은 서로 앞을 보면서도 껄끄러운 사이가 되어버렸다.

"먹고 살자고 렝의 밑으로 붙어? 너 이 새끼, 그렇게 자존심도 없는 놈이었냐?"

"자존심? 그런 게 뭐가 중요하지? 자존심 하나로, 처자식의 집과 밥과 안전을 보장받을 수 있나?"

모든 사람에게는 소중한 것에 우선 순위가 있다.

누구는 자존심이 1순위일 것이고, 누구는 돈이 1순위일 것이다.

대부분의 사람이 가장 소중한 것에 대한 순위가 다르지만 가족이 있는 사람이라면 동감할 수 있다.

가족보다 우선되는 게 세상에 있을 수 있냐고.

"……그래. 넌 그랬지. 가족이 다였어."

"그래. 난 그게 다다."

"난 우리 식구가 곧 가족이었는데 말이야."

깊은 한숨과 함께 내뱉은 말에 모비스는 양심의 가책을 느꼈다.

그 역시 마찬가지였다. 한때는 하르트를 비롯한 루슬릭과 모든 단원이 가족처럼 느껴졌다.

하지만 현실에 부딪히고 나니, 진짜 가족은 따로 있다는 것을 알 수 있었다.

그리고 루슬릭을 비롯한 다른 단원들은 고작해야 두 번째 가족이었다.

진짜 가족을 위해서라면, 그까짓 거 자신의 손으로 직접 죽일 각오고 할 수 있었다.

"미안하지만… 여기서 편히 죽어라."

"젠장. 상황 한번 멋지군."

뒤쪽으로는 폭포다. 그 밑으로는 끝이 보이지 않는 절벽. 몸이 강철로 이루어졌다 하더라도 떨어지면 무조건 죽는다.

"어차피 죽을 거……."

될 대로 되라.

하르트는 검을 든 채 자세를 잡았다.

모비스는 그 모습으로 보아 하르트가 싸울 의사가 있음을 알 수 있었다.

하지만 싸울 생각이 들었다고 해도 하르트는 곧장 달려들지는 않았다.

그는 오랫동안 도망치느라 체력이 많이 빠진 상태였다. 당장 지금만 해도 다리가 조금씩 후들거렸다.

조금이라도 체력을 회복할 시간이 필요했다.

"……안쓰럽군."

그 모습을 가만 지켜보던 모비스는 손을 들었다.

그러자 주위의 용병들이 일제히 검을 뽑았다. 모비스로서
는 그냥 지켜보는 것보단 조금이라도 빨리 하르트를 편하게
해주는 편이 그에게 좋으리라 생각했다.

들어 올린 모비스의 손이 내려갔다.

"죽여라."

두두두두―

세 자리 수가 넘는 수많은 용병이 일제히 하르트를 향해 달
려들었다.

절벽이 코앞인 자리라 그런지 폭포 인근으로 용병들의 발
소리가 메아리쳤다.

하르트는 제자리에 굳게 선 채 달려오는 용병들을 향해 검
을 휘둘렀다.

"하압―!"

기합성과 함께 용병 한 명의 목이 깨끗이 베어졌다.

하지만 그 뒤를 이어 수많은 용병이 파도처럼 밀려왔다.

가만히 서 있던 편안함도 이것으로 끝이었다. 하르트는 후
들거리는 다리를 움직일 수밖에 없었다.

카앙― 카가강―!

수많은 용병과 하르트 한 명, 그야말로 일대백의 싸움이 벌어졌다.

단순한 일대백이라면 어쩌면 이길 수 있을지도 모른다. 하지만 상대는 용병왕국의 노련한 용병들이었다.

개개인이 숙련 용병이라는 B급 용병 이상. 그리고 그중에는 소수지만 A급 용병들도 더러 끼어 있었다.

하나하나가 만만치 않은 상대인지라 하르트는 절대 방심할 수 없었다. 게다가 그는 그렇지 않아도 상당히 체력이 빠져 있는 상태였다.

"크읍."

묵직한 검을 받아낸 하르트가 몸을 휘청거렸다.

'고작 다섯 명밖에 못 죽였는데……'

이미 생존 따위는 포기한 그였다.

그의 목적은 이 자리에서 최대한 많은 용병을 죽여 렝과 모비스에게 엿을 먹이는 것이었다.

"쉽게 죽어줄 수는 없지."

차앙―!

다 떨어진 체력에서 괴력이 뿜어져 나왔다. 스스로 생각하기에도 어디서 이런 힘이 나오나 싶을 정도였다.

서걱―

크게 휘두른 반원 베기로 주위에서 설치던 용병 셋의 몸이 깨끗하게 양단되었다.

다 죽어간다고 생각했는데 예상치 못하게 선전하자 하르트를 공격하던 용병들은 조금 주춤하며 뒤로 물러났다.

"허억, 허억. 쫄았냐? 등신들."

땀을 비 오듯 흘리며 하르트가 용병들을 비웃었다.

"비켜라. 멍청한 놈들."

그때, 용병들 사이를 헤치며 모비스가 앞으로 나섰다.

그는 거대한 그레이트소드를 들어 올리며 하르트를 향해 다가갔다.

"미안하군. 이런 잔챙이들을 상대하게 해서. 마지막인 만큼, 내 손으로 직접 끝내주마."

"새끼. 오글거리게 지랄하긴. 멀쩡할 때 싸우면 안 될 거 같으니, 이때다 싶은 거 아니냐?"

"……편하게 해주겠다."

모비스의 그레이트소드가 눈앞에 아른거렸다.

멀쩡한 상태에서 싸워도 이길까 말까한 상대였다. 그런데 지금 상태는 그야말로 최악이었다.

잔챙이 용병들을 상대할 때는 힘들다, 싶었는데.

지금은 죽겠다, 싶었다.

"……아, 죽겠다."

그러면서도 먼저 검을 움직인 쪽은 하르트였다.

조금이라도 살아보기 위해서.

이길 가능성이 있으니 움직인 것이다.

쩌어엉―!

얇은 검신과 두꺼운 그레이트소드가 부딪히며 불꽃을 튀었다.

"약해지긴 약해졌군."

"뭐?"

푸욱―

뜨거운 느낌이 왼쪽 가슴에서 느껴졌다.

하르트는 자신의 가슴을 꿰뚫고 나온 피 묻은 검날을 보며 믿을 수 없다는 표정을 지었다.

그의 시선이 다시 모비스에게로 향했다.

"너… 시발……."

"미안하다."

"비겁……."

쿵―

그토록 집요하게 쫓던 하르트의 몸이 드디어 쓰러졌다.

두 사람이 싸우기 전, 모비스는 미리 가장 뛰어난 수하 용병에게 기습할 것을 귀띔해 두었다.

수하 용병의 실력도 꽤 수준급이었다. 하르트는 지친 와중에 모비스에게 온 신경을 쓰느라 기습을 눈치채지 못했다.

체력이 다 떨어진 상태에서도 비겁한 수를 쓰는 것.

자존심이 상하는 일이지만, 이미 렝에게 고개를 숙인 순간부터 그는 자존심 따위를 신경 쓰지 않기로 했다.

모비스가 측은한 눈으로 바닥에 쓰러진 하르트를 바라봤다.

"……미안하다."

모든 게 끝났다고 생각한 그 순간이었다.

"……미안하면 다냐, 개새끼야?"

쿵—

하늘에게 누군가 떨어졌다.

아니, 정확히는 뒤쪽에서 뛰어 날아온 것이다.

모비스는 깜짝 놀라 뒤로 몇 걸음 물러났다.

사람이 기척도 없이 이렇게 순식간에 나타날 수 있다니?

"쿨럭! 단… 장… 조금만……."

"……삼 분만 빨리 올 걸 그랬다. 아니, 그때 무시하지 말걸 그랬다."

루슬릭이 부르르 떨리는 입술을 벌렸다.

그는 하르트와 대화하고 있지만, 눈동자는 모비스에게로 향해 있었다.

이미 하르트는 가망이 없었다. 심장이 완전히 꿰뚫려서, 어떤 치료로도 살릴 수 없다.

아직까지 살아서 조금씩이나마 말하고 있는 게 기적일 정도였다.

"반갑… 습니다……. 단… 장."

"아, 나도. 존나 반갑다. 이런 식만 아니었으면… 더 반가웠을 건데."

쉬이익—

루슬릭의 뒤를 이어 루나와 파이온, 카사크가 날아왔다.

그들의 등장에 모비스는 계속해서 뒤로 물러났다. 이런 전개는 전혀 예상치 못했다.

"다, 단장……?"

"날 그런 식으로 부르지 마라, 모비스. 정에 목숨을 호소하는 게 아니라면."

루슬릭은 하르트의 몸을 루나에게 맡겼다.

그녀는 그 어느 때보다도 조심스러운 손길로 하르트를 받아 들며 눈을 붉게 물들였다.

진짜 마녀처럼.

"전 단원, 동작 그만."

스릉—

촤아아아악—!

발검과 함께 루슬릭의 주위로 가장 가까이 있던 용병들의 목이 그대로 떨어졌다.

그 어느 때보다도 살기등등한 모습의 루슬릭의 목소리가 폭포를 울렸다.

"이 새끼들은… 내가 다 죽인다—!"

『용병귀환』 3권에 계속…

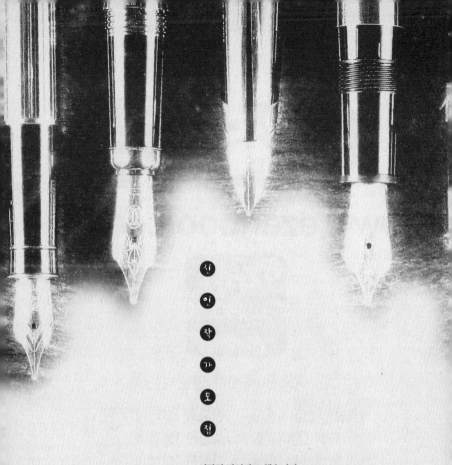

신
인
작
가
도
집

시작이 반이라고 했습니다.
작가의 길에 대한 보이지 않는 벽을 과감히 깨뜨리십시오!
청어람은 작가 지망생 여러분들의
멋진 방향타가 되어드리겠습니다.

저희 도서출판 청어람에서는
소설 신인 작가분들을 모집합니다.
판타지와 무협을 사랑하시는 분들의 많은 참여를 바랍니다.
소정의 원고(A4용지 150매)를 메일이나 우편으로 보내주시면
검토 후 출판 여부를 알려드리겠습니다.

주소:경기도 부천시 원미구 심곡2동 163-2 서경B/D 2F 우편번호 420-822
TEL:032-656-4452 · **FAX**:032-656-4453
http://**www.chungeoram.com**
e-mail:chungeoram@chungeoram.com

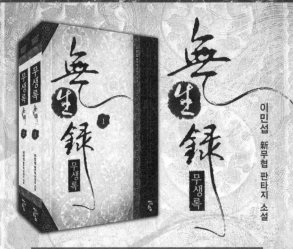

성상영 新무협 판타지 소설 FANTASTIC ORIENTAL HEROES

의원귀환

서른다섯의 의무쌍수 장호,
열두 살 소년으로 돌아오다!

황밀교의 음모를 분쇄하고자 동분서주하던
영웅들은 함정에 빠져 몰살의 위기에 처하고……
죽음 직전 마지막 비법을 위해 진기를 모은 순간,
번쩍하는 빛 뒤에 펼쳐진 곳은
23년 전의 세상.

세상의 위험으로부터 가족을 지키기 위한
의원(?) 장호의 고군분투기!

『더 게이머』의 성상영 작가가
선보이는 귀환 무협의 정수!

Book Publishing CHUNGEORAM

FUSION FANTASTIC STORY
건(建) 장편 소설
컨트롤러
Controller

세상에게 당한 슬픔,
약자를 위해 정의가 되리라!

『컨트롤러』

부모님의 억울한 죽음.
더러운 세상에 희롱당해
무참히 희생당한 고통에 분노한다!

"독하게… 살아가리라!"

우연한 기회를 통해 받은 다른 차원의 힘.
억울함에 사무친 현성의 새로운 무기가 된다.

냉정한 이 세상을 한탄하며,
힘조차 없는 약자를 대변하고자
내가 새로운 정의로 나서겠다!

Book Publishing CHUNGEORAM

유행이 아닌 자유추구 -
WWW.chungeoram.com

김현석 현대 판타지 소설
전능의 팔찌
THE OMNIPOTENT BRACELET
전능의 팔찌
THE OMNIPOTENT BRACELET
「신화창조」의 작가 김현석이 그려내는
새로운 판타지 세상이 현대에 도래한다!
삼류대학 수학과 출신, 김현수
낙하산을 타고 국내 굴지의 대기업 천지건설(주)에 입사하다!
상사의 등살에 못 견뎌 떠난 산행에서, 대마법사 멀린과의 인연이 이어지고……
어떻게 잡은 직장인데 그만둘 수 있으랴!!
전능의 팔찌가 현수를 승승장구의 길로 이끈다!
통쾌함과 즐거움을 버무린 색다른 재미!
지.구. 유.일.의 마법사 김현수의 성공신화 창조기!
Book Publishing CHUNGEORAM
유행이 아닌 자유추구 -
WWW.chungeoram.com

백미가 新무협 판타지 소설

FANTASTIC ORIENTAL HEROES

천선지가

불의의 사고로 죽은 청년 이강
그를 기다린 것은 무림이었다!

어느 날
그에게 찾아온 운명,
천선지서.

각인 능력과 이 시대엔 알지 못한 지식으로
전생에서 이루지 못한 의원의 꿈을 이루다!

『천선지가』

하늘에 닿은 그의 행보가 시작된다!

FUSION FANTASTIC STORY
월문선 장편 소설

화려한 귀환

머나먼 이계의 끝에서
다시 돌아온 남자의 귀환기!

『화려한 귀환』

장점이라고는 없던 열등생으로 태어나,
학교에서 당하는 괴롭힘을 버티지 못하고
자살이라는 극단적인 선택을 하게 된 남자, 현성.

"돌아왔다…… 원래의 세계로!"

이계에서 죽음을 맞이하게 된 현성은
자신을 죽음으로 내몰았던 현실 세계로 돌아오게 된다!

고된 아픔들, 그리웠던 기억들.
모든 것을 되살리며 이제 다시 태어나리라!

좌절을 딛고 일어나 다시 돌아온
한 남자의 화려한 이야기!
이보다 더 화려한 귀환은 없다!

Book Publishing CHUNGEORAM

유행이 아닌 자유추구 ~
WWW.chungeoram.com

FUSION FANTASTIC STORY
건(建) 장편 소설

컨트롤러
Controller

세상에게 당한 슬픔,
약자를 위해 정의가 되리라!

『컨트롤러』

부모님의 억울한 죽음.
더러운 세상에 희롱당해
무참히 희생당한 고통에 분노한다!

"독하게… 살아가리라!"

우연한 기회를 통해 받은 다른 차원의 힘.
억울함에 사무친 현성의 새로운 무기가 된다.

냉정한 이 세상을 한탄하며,
힘조차 없는 약자를 대변하고자
내가 새로운 정의로 나서겠다!

Book Publishing CHUNGEORAM

유행이 아닌 자유추구 -
WWW.chungeoram.com